I0823440

Leche cruda

Leche cruda

Ángelo Néstore Ferrante

R
RESERVOIR
BOOKS

Primera edición: septiembre de 2025
Tercera reimpresión: abril de 2026

© 2025, Ángelo Néstore Ferrante
© 2025, Penguin Random House Grupo Editorial, S. A. U.
Travessera de Gràcia, 47-49. 08021 Barcelona

La editorial no ha podido contactar con el autor o propietario de la canción «Almeno tu nell'universo», de Mia Martini, pero reconoce su titularidad de los derechos de reproducción y su derecho a percibir los royalties que pudieran corresponder.

Penguin Random House Grupo Editorial apoya la protección de la propiedad intelectual. La propiedad intelectual estimula la creatividad, defiende la diversidad en el ámbito de las ideas y el conocimiento, promueve la libre expresión y favorece una cultura viva. Gracias por comprar una edición autorizada de este libro y por respetar las leyes de propiedad intelectual al no reproducir ni distribuir ninguna parte de esta obra por ningún medio sin permiso. Al hacerlo está respaldando a los autores y permitiendo que PRHGE continúe publicando libros para todos los lectores. Ninguna parte de este libro puede ser utilizada o reproducida con el propósito de entrenar tecnologías o sistemas de inteligencia artificial. PRHGE se reserva expresamente la reproducción, la extracción y el uso de esta obra y de cualquiera de sus elementos para fines de minería de textos y datos y el uso a medios de lectura mecánica u otros medios que resulten adecuados (art. 67.3 del Real Decreto Ley 24/2021). Diríjase a CEDRO (Centro Español de Derechos Reprográficos, http://www.cedro.org) si necesita reproducir algún fragmento de esta obra.
En caso de necesidad, contacte con: seguridadproductos@penguinrandomhouse.com

Printed in Colombia – Impreso en Colombia

ISBN: 978-84-10352-28-5

A Cavalli, Martín y José,
animales en compañía

Renuncio a la palabra humano. Soy el animal que habla.

Roberta Marrero

Tu che sei diverso, almeno tu nell'universo.

Mia Martini

Nu nziḍḍu de sangu, po' ṭṭrubbare lu mare.

Dicho popular de Lecce

No se debe odiar a una madre. No se puede. Sigo conservando las tarjetas que nos obligaban a colorear en la escuela el día de la Festa della Mamma, con corazones impresos del mismo tamaño. Todos iguales. Era de las pocas veces en que las monjas no nos pellizcaban si nos salíamos del borde. Es un vínculo tan sagrado que ni ellas se atrevían a cuestionarlo. Ese día volvíamos a casa y recitábamos el mismo poema, cantábamos la misma canción. El amor de una madre no admite grados ni variaciones. Es un bloque.

Por eso yo te odiaba a escondidas. Sabía que me enfrentaba a algo inquebrantable y me daba vergüenza. Te he odiado tanto. He odiado tu piel, tu olor, tus manos, el timbre de tu voz, tu forma de andar. Tus besos, tus besos, tus besos.

Me pregunto por qué sigo conservando esas tarjetas, por qué las he traído conmigo en este viaje.

Te he odiado tanto, mamá, siempre quise parecerme a ti.

UNO

IL CIELO IN UNA STANZA, MINA

I

Me santiguo a escondidas, rápido, como hacía mi madre cuando pasábamos en coche delante del cementerio. Lo hago más por superstición que por fe. El avión despega y cierro mi libreta.

A mi derecha, una chica con camisa de rayas y pulsera de oro con una virgen agarra un transportín entre las piernas. Dentro, un perro pequeño tiembla. El cachorro levanta la vista y nuestros ojos se cruzan. Durante un segundo, no logro distinguir dónde termina su miedo y dónde empieza el mío. El animal me sostiene la mirada, algo nos une. Una humana en un avión, un perro en una jaula: dos criaturas atrapadas en dirección a un lugar al que no quieren ir.

Cada vez que una turbulencia sacude la cabina me aferro con la vista a la señal luminosa de la salida más cercana. Si alguien, presa del pánico, abriera una puerta de emergencia y la presión nos arrancara del asiento, lanzándonos al vacío, nos precipitaríamos encima de iglesias y colegios. De árboles y ancianos. Encima de niños y de vallas publicitarias. Puestos a elegir, me gustaría caer en un parque, ser comida para las ratas y los gatos callejeros, que un vencejo se llevara en el pico uno de mis ojos y lo dejara en la rama más alta de un abeto.

Me coloco un Alprazolam debajo de la lengua y miro por la ventanilla. Me pregunto de dónde vendrán las nubes que atravesamos, qué habrán visto, si llevan en suspensión el polvo y la piel calcinada de alguna ciudad en guerra. De ser así, significaría que estamos atravesando cuerpos.

Me acomodo en el asiento, apoyando la cabeza contra el respaldo de plástico duro del avión. Lo último que veo es el hocico del perro en el transportín, salivando igual que yo a causa de la pastilla, con la lengua fuera y la boca abierta.

El impacto de las ruedas contra el asfalto me despierta. La señal luminosa del cinturón se apaga y doscientas manos ejecutan un único clic que resuena en la cabina. Al levantar el transportín, la chica con la camisa de rayas se ve una mancha en el pantalón, a la altura del pubis. Se sonroja y trata de ocultarla con la mano. El miedo del perro ha atravesado la tela, dejando un rastro de pis. Como una mordida.

Me pongo de pie. Instintivamente, paso la mano por mi asiento. Está seco.

II

Mi palma cubre casi por completo el rostro de mi madre. No sé si es mi mano la que ha ensanchado o su cabeza la que ha encogido. Quizá siempre haya sido así y nunca me había dado cuenta. Me cuesta aceptar que los rasgos duros que conservaba en mi cabeza se muestren tan vencidos. Sus pupilas, en cambio, siguen afiladas, teñidas de un brillo animal que me recorre con descaro. Me persiguen como un gato que vigila a un extraño que se ha adentrado en su territorio.

–Mamma, sono io, Mia. Non mi riconosci?

No recuerdo haber estado nunca a tan poca distancia. Quiero abrazarla, ser esa clase de hija, pero el corazón me da un vuelco al ver su cara demacrada y me detengo.

No contesta.

Antes de volver, me costaba pensar en mi madre con claridad. Sus rasgos eran imprecisos, como si con el tiempo sus verdaderas facciones se hubieran desdibujado. Cinco años lejos de ella la habían convertido en una idea de madre, un ser cada vez más etéreo y ambiguo.

–*Na, na, na, na, naaaaaa… La mia fame si ribella a te, ma il mio canto no…*

Mientras canta, baja la mano y los ojos hasta mi nuez, el único sitio donde nunca he permitido que me toquen. Me alejo un poco, pero sostengo la sonrisa mientras alargo el brazo, generando una distancia que procuro que no parezca rechazo.

–*Na… Na… Na…*

–Cosa stai dicendo, mamma? –Me inclino para escuchar mejor.

–*Na, na, na, na, naaaaa… E cresce sempre più la febbre nelle distanze che mi lasci tu…*

–«Minuetto». Nu se recorda cchiui le canzuni. Moi se le inventa. Urtimamente s'ha fissata cu quista e nu spiccia cu la canta –me dice Titina desde el otro lado de la puerta. Está con nosotras desde que tengo memoria. Venía a casa cuando mis padres trabajaban y yo no tenía edad para quedarme sola.

Se queda en silencio un momento, como si intentara recordarme en otro cuerpo. Me impresiona su rostro ancho, de pómulos marcados y piel curtida. Tiene el cabello más canoso de lo que recordaba, recogido en un moño apretado y mechones rebeldes pegados a la frente por el sudor. Aunque tuviera el pelo oscuro y los ojos claros, o su piel fuera tersa en lugar de ajada, su expresión natural seguiría siendo de desgracia.

Asiento, dándole a entender que he reconocido la canción, una de mis favoritas. Se limpia una gota de sudor y me dice que es su manera de expresar que tenía muchas ganas de verme. Me fijo en la aspereza de sus palmas, que contrasta con la suavidad de las yemas, donde se concentran años de labores minuciosas y que a la vez expresan una dulzura enorme. No recuerdo un solo momento de mi infancia sin ellas: preparando la cena, ajustándome el cuello del abrigo, llevándome al colegio.

De pequeña sentía que competía con Titina por el amor de mi madre. Su capacidad para crear dependencia me hacía creer que quería ocupar mi lugar, como una suerte de hermana mayor. Si mi madre estaba enferma, Titina le preparaba caldos, le ponía paños en la frente, la convencía para tomarse las pastillas. Yo me limitaba a mirarlas desde la puerta, esperando que me pidieran ayuda. Si mi madre se reía con ella, yo perdía. Me gustaba verla equivocarse: cuando se le quemaba la comida o rompía una taza. Era una forma de equilibrar las cosas.

–Comu si cangiata, Mia.

El énfasis con que dice que he cambiado suena a reproche. No se alegra de verme.

Titina no deja de mirar a mi madre mientras me da instrucciones. Desayuna a las seis en punto. Café doble con un chorro de la leche que trae el cabrero, sin azúcar. Come poco. Me dice que, en caso de almorzar con ella, no la fuerce, que la deje comer despacio. Se pasa el día haciendo puzles o viendo la tele. En eso no ha cambiado.

Ahora le gusta ir al cementerio, con flores frescas para mi padre, que elige ella en la floristería. Esas rutinas me tocan a mí.

Y la gata, Cavalli, que llegó aquí hace cinco años. La encontramos rondando el jardín después de la muerte de mi padre, poco antes de que yo me fuera. Sigo convencida de que salió de una de las tumbas del cementerio, a dos calles de nuestra casa. Titina la señala y me avisa de que anda en celo y no está castrada. Si la oigo maullar por la noche no es que esté poseída, solo desesperada.

Luego se excusa:

–Sentime, ca men d'aggiu scire.

Titina ya no puede hacerse cargo de mi madre. La suya se ha roto la cadera y acaban de operarla. Le pregunto si mi madre ha dicho algo en todo este tiempo. Niega con la cabeza.

Antes de cerrar la puerta le lanza una última mirada:

–Ciao, signora.

Mientras hablábamos, mamá ha dejado de cantar y ha dirigido

su atención a la *Gazzetta del Mezzogiorno*. Está de pie, inclinada sobre el periódico, con las muñecas apoyadas en los extremos de cada página. No lo lee, lo examina, intentando descifrarlo. Me sorprende esa serenidad con la que lo hace todo, un sosiego que ya me está poniendo nerviosa.

Su piel desprende un aroma dulzón a pastel de manzana. Me recuerda al de los bebés de mis amigas en sus primeros días de vida, cuando aún no han sido manoseados por el mundo. Tengo frente a mí a una madre nueva, una criatura recién nacida, con sus fragilidades expuestas. Me pego a ella para saber si realmente lee. Resopla suavemente y respira por la boca. Su aliento me alcanza. Huele mal. Un olor denso, que choca con el dulzor de su piel; tan fuerte que no parece el de alguien vivo, sino más bien el de una reliquia. Eso la enaltece, la acerca a lo sagrado. Pienso en la imagen que solía tener de ella, cuando de pequeña la creía una figura divina debido al miedo que me daba. Quizá a Dios también le huele la boca de tanto ser amado.

Al verla de cerca, me pregunto cómo se le puede haber carcomido así la mirada, dónde está el gusano que le ha roído los ojos, ahora tan bondadosos. La miro y dudo de si realmente es ella. Después de enviudar y a pesar de ganar muy poco, mi madre no dejó su empleo de auxiliar de educación especial en la escuela del barrio. Salía de casa en tacones, incluso en invierno, cuando las lluvias le hacían el camino un martirio. Insistía en que, como viuda, tenía que ser más irreprochable si cabía.

La casa debía mantenerse como una extensión de su apariencia: sin una mota de polvo, las flores frescas, el periódico cada mañana. La recuerdo ocupada, no por tener mil cosas entre manos, sino por evitar cualquier espontaneidad. No existía espacio para la pereza.

Voy al baño a lavarme las manos. Al alejarme, mi campo de visión se abre. La casa entra en el plano, empieza a ocuparlo todo y mi madre parece un mueble descontextualizado en el salón.

Observo la mesa ovalada de ocho plazas donde celebrábamos las Navidades y las sillas que ya no volverán a llenarse, salvo la de mamá y la mía, en la que ahora duerme la gata. Nunca te vas de tu casa del todo. Algo de ti se queda junto a los fantasmas de los que murieron mientras estabas fuera. Hasta que he vuelto a encontrarme con esta parte de mí, creía que mis tías aún estaban en sus casas, atrapadas en un tiempo que solo existía en mi cabeza. Vivir un duelo en la distancia es vivirlo a medias porque no hay un cuerpo sin vida que sostener ante los ojos. Mi madre solía darme la noticia con un mensaje. Siempre terminaba la frase con puntos suspensivos, como si esperara que yo la completara. En ese vacío, en lo que dejaba a la imaginación, en realidad me estaba diciendo que tenía miedo de morir sola, que necesitaba desesperadamente asegurarse de que yo estaría de pie ante su ataúd.

Aunque me avergüence admitirlo, estaba convencida de que no presenciar la muerte de un ser querido haría más fácil la curación. Pero no me daba cuenta de que los duelos, por mucho que los esquivemos, no desaparecen, solo se acumulan en los hombros. Frente a esa mesa de madera maciza, se me caen de golpe los muertos encima.

Justo detrás de mi madre, en la cómoda, veo una foto suya. Es un primer plano. Está sonriendo y tiene el pelo recogido en un moño alto y tirante, su peinado favorito, sin un solo mechón fuera. Sin contexto, suspendida en un vacío inmaculado, parece una chica alegre y jovial. Yo aún no había nacido.

Siempre he querido deshacerme de esa foto. Reemplazarla por la única que me llevé a España, en la que mi madre se está comiendo un helado y uno de los perros de la familia le da un lametón. Aquel beso la pilló por sorpresa. La foto está desenfocada, pero es la más auténtica que tengo. Se la ve como si la hubieran pillado desprevenida, riéndose, sin gestos de contención, sola ante la vulnerabilidad de un robado.

Cuando vuelvo del baño, veo que se ha soltado el pelo, que cae libre sobre los hombros. Me acerco y trato de recogérselo. Soy torpe como una madre primeriza.

Parece otra persona. Mientras la peino con cuidado y deslizo los dedos para deshacer los nudos, pienso que nunca había estado tan cerca de su cráneo.

–*Tu mi fai giocar, tu mi fai giocar, sono la tua bambola.*

«La bambola», de Patty Pravo.

–Ma come giocando? Lo dici perché ti sto pettinando come se fossi la mia bambola, mamma?

Sigue cantando ajena a mí. La letra sale de su cuerpo como si fuera lo único que le quedara. La melodía crece también dentro de mi boca hasta que estalla y le contesto cantando en español.

–*Para ti seré, para ti seré, solamente una bambola.*

La voz en español sale áspera. Nunca me había atrevido a cantar con ella. Mi canto corre detrás de sus palabras, pero consigo que mi versión encaje con la suya inventada:

—Con chi giochi tu,
con chi giochi tu
sono la tua
—Para ti seré,
para ti seré
solamente una
bambolaaa.

Sin darme cuenta me estoy riendo.

III

Si hablábamos de comida nos reíamos. Mientras la peino me acuerdo de cuando, al principio de vivir en España, me esforzaba por hacerla reír contándole por teléfono lo diferentes que eran los supermercados. Lo corto que es, por ejemplo, el pasillo de la pasta. Se escandalizaba. ¿Por qué la gente no comprendía que los rigatoni eran para salsas densas y los espaguetis para las suaves? Le hablaba del hinojo y de lo difícil que era encontrarlo entero en España. De que allí solo usaban las hojas verdes y no deshojaban el bulbo al final de las comidas para limpiarse la boca. Ella no lo entendía. ¿Qué hacían con lo blanco? ¿Lo tiraban?

No podía evitar sonreír cuando me preguntaba con genuina incredulidad por qué en España, con tantas vacas, no se hacía mozzarella. Yo le respondía con burla diciéndole que allí la stracciatella era solo un sabor de helado. Al otro lado de la línea se oía un sonido seco, una interferencia. Era su risa, que nunca llegaba a soltarse. Cada vez que la conversación se volvía demasiado ligera o ella notaba que se reía más de la cuenta, su voz cambiaba. Soltaba una de esas preguntas ambiguas que parecía haber preparado desde el principio de la conversación.

Me decía que si tan bien se estaba en España, por qué siempre daba la impresión de que me faltaba algo.

Y yo ya no sabía si hablábamos de comida o de otra cosa.

Las conversaciones siempre empezaban y acababan con reproches:

–Mangia ca stai mazzu!

Le preocupaba que adelgazara. Y entre pregunta y pregunta deslizaba alguna inquietud relacionada con mi trabajo. Pero al final siempre terminábamos hablando de recetas, de lo que faltaba y sobraba, de lo escandaloso que le parecía que en España se comieran tantos huevos o que se sirviera capuchino a cualquier hora del día. Quizá, en esos intentos fallidos de risas, se derramaba nuestro echar de menos, el sufrimiento por la ausencia de la otra.

Mi madre custodiaba con recelo las pocas recetas familiares que conocía y no las compartía: la crema pastelera de mi abuela, la crostata de mermelada de higo de mi tía Rita o su célebre gattò de patatas.

Se aferraba a las recetas con disciplina marcial, seguramente por ser mala cocinera. Medía los ingredientes al milímetro y cronometraba los tiempos con una precisión obsesiva, convencida de que cualquier desvío arruinaría el resultado. No confiaba en el instinto, solo en las reglas. Cuando me enseñó a preparar una carbonara al dente, insistió en que respetara las proporciones, los tiempos de cocción, que no me apartara de las instrucciones.

Para ella cocinar era una cuestión de lealtad. Saber que yo seguiría sus pasos daba sentido al esfuerzo de transmitírmelos. Era su forma de ejercer control sobre mí, de imaginarme removiendo un ragù durante horas para que no se pegara al fondo o golpeando la masa de una focaccia contra la encimera con la fuerza justa para que quedara crujiente. Tal y como ella había ordenado.

Antes de irme a España le pedí esas recetas familiares. Las escribió en las últimas páginas de su agenda con letra pequeña, casi ilegible, como si la urgencia de reducirlas a un espacio mínimo fuera una excusa para desfigurarlas. Las arrancó y me las dio a regañadientes, envueltas en papel, del tamaño de un amuleto.

Cuando intenté replicarlas vi que algunas medidas eran erróneas y faltaban ingredientes. Quería asegurarse de que la llamaría.

Las he ido guardando en las solapas de mis diarios, pasándolas de una libreta a otra. Cada vez que las releo, la veo a ella. En esos trazos torcidos y mal escritos intuyo su rostro.

No había día en el que no me preguntara qué había comido, como si la respuesta pudiera revelarle algo más. Yo solía inventar algo rápido, cualquier cosa saludable para retener su voz un rato más, dejar que me calmara, igual que un niño que se queda dormido escuchando un cuento. Después de un día traduciendo frente al ordenador, me tumbaba a oscuras en la cama o en el sofá, cerraba los ojos y la dejaba hablar. Empezaba por los ingredientes e imaginaba sus manos, aisladas del cuerpo, colocándolos sobre la mesa. Luego describía los pasos, haciendo pausas porque asumía que yo tomaba notas. Me explicaba, con una paciencia infinita, cómo preparar una buena salsa para varios días, o recitaba de memoria la elaboración de la parmesana de calabacín. Era nuestra forma de llenar silencios incómodos y de que las llamadas durasen más de un par de minutos.

Nuestro amor se sustentaba sobre la lengua del hambre.

He dedicado toda mi vida adulta a descifrar el misterio de las lenguas. He aprendido griego, español e inglés. Persigo cada matiz. Por ejemplo, la diferencia entre «érotas», el amor pasional, y «agapi», el amor afectuoso. Siempre digo que el primero es el que te descubre y el segundo el que te cubre. Pero, por mucho que lo entienda, cuando quiero demostrar mi amor, se me cae el lenguaje. Enmudezco. Desde pequeña me enseñaron que el afecto tiene que pasar siempre por el filtro de las palabras. Vuelvo a evocar las postales de la Festa della Mamma que las monjas nos hacían colorear, los estribillos de las canciones que sigo pudiendo tararear, los versos de los poemas que aún me sé de memoria:

Tu mi hai dato il mondo,
mi pensi ogni secondo
e non ci sono parole
per regalarti il mio amore.

Y nunca he sido capaz de pronunciar un «Ti voglio bene, mamma».

¿Por qué me resulta más fácil decirle que la quiero en griego? Σ' αγαπώ μαμά, σ' αγαπώ. ¿Por qué puedo cantarle en español? Las palabras en un idioma extranjero se entregan con voluntad porque implican una búsqueda y eso las hace menos mundanas. Saber pronunciarlas requiere tiempo, igual que en los cortejos o en la cocina. Introducir en la boca unos sonidos nuevos es un ritual de seducción. Una primera frase pesa igual que un primer beso. Hasta que un día esa lengua se desviste, te tira en la cama como una amante y te modifica. A veces se queda, otras desaparece, dejándote el recuerdo de un verano dulce.

Deslizo el peine por la melena suelta de mi madre con el asombro de una niña que peina por primera vez a una muñeca. La llamaría κούκλα μου, como en la canción, pero le explicaría que «muñeca» en griego es el modo en que una madre se dirige a una hija cuando la mira y la reconoce como algo frágil y bello. También se usa para hablarle a una persona mayor. Κούκλα μου, le repito, mientras la peino. Κούκλα μου. Acerco mi cara. Y se me incendia el vello en todo el cuerpo. Κούκλα μου, mamma. Y es un fuego que todavía quema.

IV

Hay cosas que ya no están donde deberían, como si la casa hubiese girado levemente sobre su eje y los objetos hubieran perdido su lugar habitual. Al principio me incomodaba, pero es sorprendente lo rápido que una se acostumbra. En apenas unos días ya me parece normal que mi madre guarde el jabón en la nevera, la sal en el bidé, o que use el cepillo de dientes para peinar a la gata.

Me gusta imaginar que hay un mensaje oculto en cada uno de sus gestos. Siento que, al desordenarlo todo, está inventando un idioma secreto que ahora tengo que descifrar. La observo en silencio, mientras ensaya con los objetos una lengua que va desmigando solo para mí.

Hoy, por ejemplo, a la hora de comer se ha colgado dos cerezas de las orejas.

Mi madre no solo ha cambiado de sitio los objetos. La casa entera parece haberse replegado sobre sí misma. Yo ocupo las habitaciones de la forma rígida que aprendí. El comedor permanece cerrado porque solo se abre si llegan visitas, desayuno en la cocina, almuerzo y cena en la mesa del salón. No entro en el baño de su dormitorio ni abro los cajones del despacho.

Ella, en cambio, lleva su plato al recibidor, intenta ducharse bajo el grifo de la cocina o hace un puzle en el suelo del pasillo. Cada estancia puede ser cualquier cosa, la casa también está perdiendo la memoria.

La miro mientras se acerca con paso sereno, arranca una naranja del árbol del patio y la deposita sin pelar en un plato hondo con una cuchara al lado. Lo deja frente a mí, convencida de haber hecho lo correcto y me observa con la devoción de quien cree estar cumpliendo un rito sagrado.

Ya no es la madre que recuerdo, no se avergüenza de cuidarme con torpeza. Esta que tengo delante me sonríe, orgullosa de haberme dado de comer. Pelo la naranja con la uña y me la como con la cuchara, fingiendo que no sé hacerlo de otra forma. Cuando levanto la vista para darle las gracias, ella ya no está.

Desde el pasillo, la oigo canturrear mientras acaricia a Cavalli. Le ofrece otra naranja haciendo la misma ceremonia. La gata la huele mientras arquea el lomo sobre su pierna.

Esa fruta no era para mí.

V

Han pasado ya algunas semanas desde que volví. Me muevo por las habitaciones con más soltura, retomando la vieja costumbre de abrir cajones, revolver entre la ropa de los armarios y ojear agendas desgastadas. Me doy cuenta de que registrar estos objetos puede que sea lo más cerca que voy a estar de dialogar con mi madre.

Mis ojos se posan en el baúl de madera del salón, el único espacio de la casa que me concedió mi madre antes de embalar mi infancia y bajarla al garaje cuando me fui a vivir a España. No puedo evitar levantar la tapa. Dentro todo está intacto. Todos los discos de las Spice Girls envueltos en su funda de plástico. El libro *Sex* de Madonna, que compré en una subasta online y que aún conserva el olor a tinta vieja. Mi férula para el bruxismo, amarillenta y con la forma de mis dientes, apoyada sobre la cabellera rubia de mi primera y única muñeca. En el fondo, escondido entre los discos, aparece mi diario. Creía que lo había perdido. Lo sostengo entre las manos sin abrirlo, casi solo para reconocer el peso de lo que escondía. Lo llevo a la habitación y lo dejo en la mesilla, junto a unas fotos antiguas que también he rescatado del baúl.

Me detengo en una de ellas. Tendría seis años. Estamos en casa de Nicoletta, la mejor amiga de mi madre, su confidente desde que se conocieron en una misa del colegio de monjas. Margherita, su hija, fue mi amiga inseparable desde primaria hasta que se marchó a estudiar Derecho a Roma y yo me quedé en Lecce, en la facultad de Traducción e Interpretación. Era de esas niñas que parecían tener siempre el pelo limpio y sabían poner cara de primera comunión cuando había una cámara delante.

En la foto estamos en la terraza de su casa, inclinadas sobre una sábana blanca extendida en el suelo donde reposan tomates cortados por la mitad. Los estamos preparando para secarlos al sol, espolvoreándolos con sal gruesa. Margherita, con el pelo recogido en una trenza, sonríe con esa insolencia que tienen los niños, a los que les bastan unas manos sucias para sentirse felices. A su lado están sus hermanos: Ugo, el mayor, y Tonino, el mediano. Tonino aparta las pepitas con un gesto delicado. Tiene las piernas cruzadas y la cabeza inclinada hacia un rayo de sol que le cae de lleno sobre la boca. Incluso en una imagen fija, su cuerpo espigado parece guardar la misma sinuosidad con la que se metía en el mar.

Estoy a punto de abrir el diario cuando un ruido en el salón me distrae. Al llegar, encuentro a la gata metida dentro del baúl y rascando la madera. El naranja brillante de su pelaje tricolor mancha el interior de la caja con un tono nuevo. Se ha colado dentro sin hacer ruido y roza los bordes de los objetos para marcar con su olor.

–¡Cavalli! –le grito. Como no me hace caso, repito su nombre con la condescendencia con la que se le habla a los niños. Sigue ignorándome. Me acerco para darle un manotazo suave, pero antes de que la alcance, salta y se desliza junto a la pared, esquivándome.

A los pocos segundos la veo encaramada en el regazo de mi madre, enroscada como si llevara ahí horas. Ella no baja la mirada, simplemente deja caer una mano sobre su lomo. La confianza que existe entre las dos me inquieta. Mi madre parece otra gata. Le digo que voy a preparar la cena. No sé si me ha oído, pero humana y gata se miran con la misma complicidad con la que algunas amantes se acarician las manos cuando creen que nadie las ve.

Camino hacia la cocina y Cavalli me sigue. Se mueve con una cadencia líquida, como si no tuviera huesos. Su paso me devuelve la imagen de Tonino. Él no era como los demás chicos. Tenía el andar de un felino y las piernas largas, con las que balanceaba las caderas con una gracia exótica. Sus uñas eran perfectamente redondas, sobresalían apenas unos milímetros de la yema de los dedos. «Delle mani da pianista», decía su madre para justificar tanta delicadeza en un cuerpo de hombre.

Un día, con siete años, me fui con ellos en coche a la playa de Porto Selvaggio, a una hora de la ciudad. Tonino iba en el asiento del copiloto. Bajó el parasol y, frente al espejo, se aplicó cacao en los labios. Desde donde estaba yo solo veía su boca, carnosa y alargada, bañada por el sol. La cubrió de un suero que le daba un brillo denso. Chocó los labios entre sí con un gesto seco, parecido a un beso. Creí que era para mí. Ese golpe sordo me perforó el pecho. Aquel día me excité por primera vez. Tonino fue el amor de mi infancia.

Me enamoré de un chico que parecía un gato.

VI

Había olvidado que en Italia el cariño no se expresa con palabras, sino con comida. Abro la nevera. Antes de marcharse, Titina la llenó con sabores que solo existen en esta casa: mozzarella ahumada y ricotta fresca de la quesería del barrio, corazones de alcachofas en aceite y tomates secos que su hermana prepara cada verano en el campo. De pequeña me contaba que para ella cocinar era la forma más pura del cuidado.

Una vez la vi besar una hogaza de pan antes de arrancarle a pellizcos el moho y devolverla a la despensa. Me dijo: «Ci te manci lu pane ncocculutu cacci li denti te oru» y sonrió, mostrando los huecos entre los dientes. Me quedé prendada de la imagen del refrán: alguien que mastica pan con moho y, bocado tras bocado, sus dientes se vuelven de oro.

Coloco los ingredientes sobre la encimera y echo un hilo de aceite en la sartén. Rompo la película de la ternera picada con las uñas. El plástico libera de golpe su olor, denso y metálico. Llevo tres años sin probar carne, algo que mi madre nunca aprobó. No comerla suponía una transgresión más de su autoridad.

Podría haber preparado otra cosa, pero no puedo evitarlo. Ser amada por mi madre siempre ha implicado un sacrificio.

Renunciar a lo que deseaba para agradarle era, en mi infancia, casi una costumbre. Mientras cocino recuerdo la historia de la muñeca del baúl. Mi familia nunca me regaló una, por eso decidí robarla. Lo más parecido que había tenido eran las figuras de los santos de papel maché, encerrados bajo campanas de cristal en cada habitación de la casa. Cuando estaba sola, levantaba con cuidado la protección y los sacaba, asegurándome de volver a colocarlos en la misma postura. Para mis padres, los juguetes tenían que ser útiles. Nada de caprichos para la imaginación. Preferían los que despertaban la mente y afilaban la lógica: trucos de magia para aprender a engañar el ojo, el Monopoly para agilizar los cálculos y entrenarse en el dinero o el Risk para memorizar países. Las muñecas eran una pérdida de tiempo, así que yo me conformaba con lo que me daban y nunca pedí una.

El día del duodécimo cumpleaños de Margherita hundí la mano en una cesta de mimbre llena de Barbies. Tenía tantas muñecas que no me sentí culpable cuando le quité una. Coleta rubia alta y ojos verdes. Estaba desnuda, con unas braguitas color carne, en relieve, grabadas en la piel. Como no me cabía entera en el bolsillo de los pantalones, me metí en el baño y le arranqué la cabeza con un giro seco, luego los brazos y las piernas. Cuando me di cuenta de que ya no me cabían más piezas, me guardé el resto en la manga de la sudadera.

En ese baño, dos años más tarde, daría mi primer beso. Cuando una lo imagina, piensa en una boca. Aquel día, Ugo, el hermano mayor de Margherita, tuvo una idea. Aprovechó que su madre y su hermana estaban distraídas en el jardín, abrió la puerta de golpe y me arrastró dentro con él. Luego echó el pestillo. Me puso una mano en el hombro y me empujó hacia abajo. Me arrodillé sin pensar ni preguntar. Se había bajado los calzoncillos. No sabía qué hacer, así que besé su pene. Fue entonces cuando con una mano dirigió mi cabeza y con la otra sostuvo su erección para introducirla en mi boca. Seguro que lo había visto en los vídeos porno. De esa tarde solo recuerdo que deseé que los calzoncillos se le pegaran a la piel, igual que la muñeca que le había robado a su hermana.

Al volver a casa, vacié los bolsillos sobre la cama. Brazo, rodilla, pubis, uno sobre el otro. Una mujer descuartizada me pedía que la salvara. Recoloqué los trozos. Las piezas encajaron con suavidad. La muñeca, otra vez entera, me sonreía con una complicidad renovada. Como si esperara que yo hiciera lo mismo.

El horno chilla. La gata se escurre del regazo de mi madre. Coloco el gattò de patatas sobre el mantel. Le sirvo un trozo generoso y me aparto uno más pequeño para mí. Ella agarra el tenedor de cualquier manera, sin gracia. Lo empuña como una pala y lo clava en el plato. Mastica con la boca abierta y la fina costra de queso gratinado del gattò desaparece entre sus dientes para mezclarse con su saliva. Veo los hilillos de baba entre un diente de arriba y otro de abajo y esa imagen me recuerda un poema de Valerio Magrelli que traduje hace poco, uno que habla de cómo el poeta observa a una cola de refugiados desde su casa:

> *Da hasta asco, si lo observas desde cerca,*
> *un mortero de polvo, de paja, de saliva,*
> *pobre maraña nacida de secreciones y tallos*
> *con una vaga idea compositiva.*

Un hilo hoy, un hilo mañana,
y surge una cesta de fibra vegetal,
bolo reseco, masa
que el habitante, a la vez, habita y mastica.

Esta casa de baba está hecha
igual que los hijos que acoge,
materia generada, material
genético, yema de transmisión.

Por eso, sin Nido,
ahora avanzan ciegos,
perdidos en la noche
de su identidad.

Hay algo grotesco en la voracidad con la que engulle mi madre. Sus labios brillan por el aceite mientras se relame y saca la lengua al escurrirse un trocito de carne. Como si, de todo lo que fue, solo le quedara el hambre.

VII

Desde el otro lado de la casa mi madre canta a media voz, arrastrando la última sílaba de cada verso como si le costara dejarlo ir.

Al principio no distingo la melodía, pero al atravesar el pasillo la reconozco:

–*Magari ti chiamerò lumachina amorosa tututatatà…*

«Vattene amore», de Mietta. Me detengo. ¿Me está llamando «caracolito amoroso»? Pienso que quiere que vaya a verla. Me incorporo y avanzo deprisa siguiendo su voz, con un paso urgente que traiciona su apodo.

Desde el pasillo, sin levantar demasiado la voz, intento contestarle con un verso inventado de «La canzone del sole», de Battisti:

–*Dove son stata, cosa ho fatto, dai? Una donna, donna, donna.*

Es mi manera de insinuarle que estoy aquí. *Cosa vuoi dir? Sono una donna, sai.* Que ahora soy otra.

Espero. Su voz vuelve a alzarse:

–*Cu ccu ru cu cú, un piccione, ahi ahi ahi ahi ahiii…*

Battiato. Escucho un verso nuevo por cada paso que doy. Me convenzo de que me está contestando, de que ese «Cu ccu ru cu cú» es un silbido disfrazado de canción, la llamada tierna con la que se atrae a un animal. Avanzo hacia su habitación, emocionada por lo que intuyo el inicio de un diálogo. Quiero cantarle tan cerca de la boca que el aliento de mis palabras le llegue al pecho. Que las aspire. Que las mastique. Que las trague. Soy el animal en el que me ha convertido, el que se dispone a ofrecer el cuerpo tibio de una presa a su cría.

Si he conseguido llegar a su mente quiero dar un paso más, tararearle una pregunta, encajarla en la melodía de la canción como si fuera un verso más. Deslizarla entre sus frases, sin que se note.

«Mamma. Io chi sono?», como se interroga en uno de sus temas Battiato.

Tiene que ser una pregunta sencilla, sin violencia, repetida con la cadencia de un estribillo que se incrusta en el oído.

Llego a la puerta entreabierta. La voz sigue.

–Cu ccu ru cu cú un piccioneeeee…

Asomo la cabeza. Mi madre está sentada en la cama con las manos firmes sobre las rodillas. Debajo de su barbilla asoma Cavalli, inmóvil, con los músculos tensos y la cola ondeando. Las dos miran por la ventana. En el alféizar una paloma inflama el pecho y arrulla, intentando llamar a otra. Está cantando para el pájaro. No me ha oído. No sabe que estoy aquí.

Me quedo en silencio. Bajo la mirada. Las palabras de amor que traía en la boca, calientes como carne recién cazada, caen a sus pies. Pero mi madre no se agacha. Las deja ahí, pudriéndose en el suelo.

VIII

La voz desafinada del doctor Montinaro rompe la asepsia de la consulta:

–*Piccola, buffa, dolce mammina, dacci dai la manina.*

La canción es un jingle publicitario de *Carosello*, el programa que durante dos décadas marcó la frontera entre el día y la noche en los hogares de Italia. Desde 1957, *Carosello* no fue solo un programa de televisión, sino la señal para que los niños supieran que había llegado la hora de irse a la cama. Durante diez minutos, los anuncios disfrazados de historietas, fábulas y canciones los mantenían hipnotizados. Luego, la orden inevitable: «A letto!» y el programa se acababa. La casa entraba en otra fase.

Mi madre debió de verlo siendo niña, sentada frente a la pantalla en ese silencio que la televisión impuso en los hogares. La costumbre de tenerla encendida se mantuvo en nuestra familia. Gracias a ese aparato descubriríamos que para estar juntos no necesitábamos mirarnos unos a otros, tan solo hacia la misma dirección. El televisor tenía la bondad de ahorrar intercambios en la mesa, posibles desencuentros o preguntas embarazosas. En mi casa no se preguntaba: «Cosa hai fatto oggi a scuola?» o «Ti piace qualcuno?» o «Sei felice?». Yo me aseguraba de no quedarme nunca con la boca vacía y de masticar despacio para evitar mi turno de palabra. Alternaba rápidamente el tenedor con el vaso, el vaso con la servilleta. Sabía que a mis padres la lentitud les irritaba, pero tampoco preguntaban. La televisión nos protegía. Subíamos el volumen para ganar nuestro silencio.

Mi madre no sonríe cuando el doctor canta. Por cómo mueve las pupilas sé que reconoce la melodía, pero no el producto que promociona. Tal vez pasta de dientes, jabón de Marsella o un snack de queso.

La he traído aquí porque ya no sé qué más hacer. Le he contado al doctor Montinaro mi estrategia fallida de comunicación a través de las canciones y él me ha dicho que quizá no he usado las adecuadas, que con algunas más antiguas podría haber más respuesta. Me explica que lo musical permanece más tiempo en el cerebro, incluso cuando el resto se borra. Pero lo natural es que también eso se olvide. Y después, nada.

Mientras el médico habla, mi madre gira la cabeza y mantiene la mirada fija en la pared, donde una grieta se abre paso desde el techo hasta la mitad del muro, entre una bandera de Italia descolorida y un padre Pío de papel satinado. La estampa, sujetada torpemente con un trozo de celo amarillento, parece bendecir la fisura más que ocultarla. No es la única imagen religiosa en la sala. Un crucifijo cuelga junto al calendario y estampitas de santos asoman entre los folios del mostrador. Una virgen descansa sobre el archivador metálico al lado de unos dibujos infantiles de una familia compuesta por padre, madre y dos hijos. Nada fuera de lo común. Solo al irme de Italia empecé a notar esta estética religiosa. Antes, nunca me había fijado en ella. Cuando se vive fuera, una vuelve a su país con una mirada cada vez más extranjera.

«Lo Stato e la Chiesa cattolica sono, ciascuno nel proprio ordine, indipendenti e sovrani». En el colegio nos hacían memorizar artículos de la Constitución como si fueran poemas. Los recitábamos a coro. Cuando no me los sabía, fingía: movía los labios en silencio imitando el murmullo colectivo. Nadie nos explicó nunca qué significaban realmente.

El primer artículo de la Constitución que aprendimos de memoria en la escuela es: «L'Italia è una Repubblica democratica, fondata sul lavoro». Miro a mi madre enferma, inmóvil en la silla de la consulta. Luego al doctor Montinaro. No sé si se está riendo de nosotras; si, en la lógica del país que ama, una mujer que ya no trabaja tampoco merece ser salvada.

Me rindo ante la idea de que somos esa clase de pacientes que regala anécdotas. En la próxima comida familiar el doctor Montinaro imitará la canción infantil que le cantó a mi madre. Los adultos entrecerrarán los ojos, intentando ubicar la melodía en algún rincón remoto de la memoria. Los niños, en cambio, se reirán porque un hombre mayor, probablemente su padre o su tío, canta con voz aguda y una ternura que no es habitual en su edad. No entenderán que se burlan de él porque algo en la escena les incomoda. Porque en algún momento aprendieron que los rasgos de la infancia en los adultos son grotescos. Y que lo ridículo es indeseable. Confundirán su rechazo con humor.

Ninguno de los comensales, ni los adultos, ni los niños, hará el esfuerzo de imaginar el rostro de mi madre.

Mi madre se está muriendo. Aunque confío en que el doctor Montinaro nunca use palabras tan tajantes. En todo caso, recurrirá a expresiones más amables, que dejen margen a la imaginación. Dirá: «Hay cosas que ya no dependen de nosotros», «Su cuerpo está dando señales» o «Hay que barajar todas las opciones». Los médicos experimentados como él han aprendido a insinuar la muerte en vez de anunciarla. Lo dirá con la misma cadencia que usaría para tranquilizar a alguien con gripe.

Sus palabras resuenan en mi cabeza, pero van cambiando de idioma: «Siamo in un momento delicato, pero haremos todo lo posible. What matters now is that she doesn't suffer». Luego se levanta, abre la puerta y grita «Il prossimo!», como si estuviera en la carnicería.

La ligereza con que ha estrechado la mano al siguiente paciente ha sido lo bastante firme para sacudirse de encima la muerte que acaba de evocar. Por primera vez creo que el doctor Montinaro tiene más de agente inmobiliario que de médico: el tono de voz afable, el estudio del rostro ajeno, unido a su destreza para medir las palabras y administrar falsas expectativas sin que se note. Tiene la compostura de quien es capaz de adornar con promesas el miedo de los clientes a unas grietas ocultas, consciente de que, tarde o temprano, se les derrumbará el techo encima.

El doctor Montinaro sabe que el tiempo lo pone todo en su lugar. Dentro de unos meses me habré acostumbrado a no marcar a diario su teléfono y a acordarme de mi madre en fechas señaladas, como su cumpleaños o el aniversario de su muerte. Quizá, para sentir paz, encenderé una vela o haré una visita rápida al cementerio. Las pacientes como nosotras le obligamos a recordar la ley de vida: la imagen de una madre enterrada y una hija llorándola es más aceptable que lo contrario. Más ordenada. De haber tenido confianza, me habría abrazado fuerte, diciéndome al oído que ese es el curso natural de las cosas.

Salimos de la consulta en silencio. Atravesamos una sala de espera abarrotada. El aire, enrarecido por las ventanas cerradas, parece rendirse ante el aliento de demasiados cuerpos acumulados en un espacio que no ha sido pensado para tanta vida. Los niños chillan y las personas mayores paran de murmurar en cuanto se abre una puerta y aparece una bata blanca.

Mientras avanzamos, juego a adivinar quién va a morir primero: paso del rostro de una mujer cubierto de costras al de un crío con la nariz colorada y un gorro demasiado ajustado, que oculta una cabeza sin pelo. Cuando el niño me mira, en un gesto reflejo, vuelvo los ojos hacia mi madre.

Durante el breve trayecto a casa, le repito a mamá lo que nos ha dicho el médico. Le hablo desde atrás proyectando la voz con las manos bien aferradas a los manillares de la silla. Ella se deja llevar con la vista fija en el suelo, las ruedas suben y bajan por las raíces de las encinas que levantan las aceras. Le hablo fuerte, pero despacio, como a una persona extranjera.

Le repito que hay que cantar las canciones de cuando era pequeña, que eso podría ayudar, que la música no es solo un recuerdo, sino un ancla que sostiene lo que la cabeza deja ir. Uso la misma figura que el doctor Montinaro: los sonidos de la infancia son una cuerda que, si la agarramos a tiempo, puede ayudarnos a salir del pozo de su mente. Es más sencillo hablarle de una cuerda imaginaria que admitir que si cae del todo, no habrá nada que la sujete.

Lo ha llamado «terapia de reminiscencia musical». Suena a que lo que nos ha dicho el médico no tiene una base científica. Que en realidad ha visto suficientes hijas malas para reconocerme al instante. Que todo ese protocolo no es más que una manera de obligarme a pasar más tiempo con ella. Para que cuando ella muera al menos no pueda decir que no lo he intentado.

IX

Las palabras del doctor Montinaro siguen resonando en mi cabeza. Fantaseo con la posibilidad de que mi madre hubiera muerto cuando yo estaba en España. Me pregunto qué habría pasado con su cuerpo en las doce horas de carretera y aviones que nos separan. ¿Quién la habría encontrado? ¿Cuánto tiempo habría pasado hasta que alguien hubiese entrado en la casa? ¿Cómo la habrían subido a la cama? Imagino las manos grandes de Titina, una sosteniéndola para evitar que la cabeza se incline hacia un lado, la otra bajo sus rodillas, como si recogiera a un animal atropellado en el asfalto. No hay dulzura en el gesto, solo la inercia de quien ha hecho eso antes y sabe que los cuerpos muertos pesan más que los vivos.

Me informo sobre los cambios físicos que sufre un cadáver durante las primeras horas del fallecimiento: la lividez, la sangre acumulándose en la parte más baja del cuerpo, la piel cubierta de un velo opaco. Leo sobre el enfriamiento progresivo, sobre la rigidez que llega poco a poco, primero los dedos, después la mandíbula. Imagino el momento exacto en que se habría disipado el calor de su cuerpo. No sé si su boca hubiera quedado abierta o alguien habría tenido la decencia de cerrársela. Quién la habría maquillado, quién habría decidido qué ropa vestiría, quién le habría recogido el pelo en un moño apretado, bien alto, como le gustaba a ella, cuántas horas habría estado su cuerpo solo. Yo no habría logrado oír los primeros suspiros, el llanto sofocado de alguna vecina, los golpes en el pecho de su amiga Nicoletta, la letanía de frases de circunstancia: «Dio l'abbia in gloria», «C'amu fare?», «Ora è con suo marito», «Era proprio una santa». La muerte tiene una logística que me obsesiona más que la propia pérdida.

Pienso también en los cardenales que me hacía de niña y en cómo me deleitaba al verlos cambiar de color, hasta que una mañana ya no estaban. Mi madre decía que eran señal de sangre fuerte y yo asociaba los golpes a un exceso de vida. Imagino que los moratones que teñirán su carne muerta serán los mismos de su infancia, que vuelven a aflorar. Como si, al morir, el cuerpo recobrara la memoria.

En mi reconstrucción de los hechos, olería a café recién molido y a chocolate caliente para los niños. En Lecce se sigue velando los muertos en las casas. Habría siete mujeres, quizá ocho, sentadas alrededor de la cama, negras como cuervos. Hay lugares en el mundo donde la fe insiste en imponerse a la ciencia. Yo llegaría tarde, pero la puerta seguiría abierta. Me haría espacio entre los vecinos, que habrían llevado fruta, leche y rosarios. Al verme entrar, nadie diría nada. Sus ojos hablarían por ellos: llegaste tarde, la dejaste morir sola, qué clase de hija abandona a su madre.

De pequeña mamá me dijo que no me creyera el sufrimiento de una casa donde hay un muerto. Me contó que antes la gente contrataba a mujeres para llorar a los difuntos. A las plañideras aquí las llamaban «chiangi muerti». No solo los pudientes podían permitírselo, también los más pobres encontraban la manera de costearlo. Antes que dejarle una herencia a sus hijos, preferían gastarse el dinero en un velorio escenificado, que simulara que su ausencia pesa más de lo que pesaba. Decía que así los familiares, al oír el lamento de las actrices, terminaban sugestionados, llorando más de lo que habrían llorado por sí mismos.

Entre todas las mujeres que vendrán al velatorio de mi madre quizá haya alguna infiltrada. Antes de ponerse enferma tal vez contratara a unas cuantas a sabiendas de que iba a morir sola.

Me convenzo de que, si el proceso se acelera, estar presente en su muerte sería un regalo.

X

La calle que da al cementerio se llama via delle Anime. Desde que he vuelto la recorro dos veces todos los días. Hoy hemos salido de casa a las once. La luz cae con fuerza, pero apenas logra perfilar unas sombras tímidas bajo mis pies. La penumbra me sirve de abrigo y me permite pisar lo que no está a mi alcance: las bombillas de las farolas, los cuerpos de los pájaros, las ramas de los árboles. Es un refugio.

En un semáforo, me detengo en el perfil alargado que emerge de mis pies. Inclino el cuello hacia atrás y mi melena desaparece en el asfalto. En la sombra solo queda la forma limpia de mi cabeza, sin rastro de pelo, como cuando era niña y lo llevaba al ras. Ha durado un segundo, pero ha bastado para traer de golpe el recuerdo de aquella nuca, la cabeza ligera que no podía esconder nada.

Antes de irme de Lecce, creía que todas las ciudades eran como esta: casas con muros de piedra caliza, buganvillas que devoraban fachadas, la pared erosionada de una iglesia con la cruz de hierro oxidado en la punta y una mata de alcaparras que asoma entre los ladrillos. En la carne blanda de la piedra se acumulaban las mismas incisiones: corazones torcidos y fechas de aniversarios. «Federico e Chiara» atravesados por una flecha mal trazada. «Checco ama Paola» con un año grabado debajo. El deseo adolescente era un acto vandálico.

Me sorprende ver tantos árboles iguales. Recuerdo el día en que, de pequeña, en la escuela nos pidieron dibujar uno. Conocía los pinos, los sauces y los abetos. También los olmos, los castaños y los arces de los libros de cuentos. Yo dibujé una encina. La encina de la via del Corso cerca del mercado. La del cruce, meada por todos los perros. La misma que daba sombra a la fuente donde los viejos llenaban botellas de agua y escupían flemas en la rejilla. Un tronco grueso, retorcido, con hojas pequeñas, que nunca caían del todo. La maestra elogió el dibujo porque había usado varios tonos de verde y me preguntó si lo había hecho de memoria. No supe qué contestar. Más que memoria era un reflejo. Crecí creyendo que había elegido la encina de entre todos los árboles, como tantas otras cosas, sin saber que estas habían sido elegidas para mí. Hasta que me fui de Lecce no existió otro mundo posible.

Después de varios días recorriendo las mismas calles, me doy cuenta de que aquí la gente habla más bajo que en España. Y basta ese silencio para que la ciudad se haga oír. En las plazas y en los portales las horas las marcan los rituales, tan precisos que parecen relojes. Al amanecer el chirrido de las persianas de las panaderías, el estruendo de los cláxones a la una de la tarde. A las seis, las campanas del convento y el agua arrastrando polvo hasta la alcantarilla. El volumen excesivo de los televisores detrás de las ventanas y el zumbido lejano de las motocicletas por la noche.

La discreción en los espacios públicos se compensa con creces de puertas adentro. En Lecce, las viejas observan desde los balcones a la gente pasar y comentan en voz alta. Se critica al farmacéutico de la plaza, que ha dejado embarazada a otra mujer; a la hija de la modista, que se ha fugado de casa; al pescadero, que limpia el pescado con las manos negras de tabaco. Todos saben dónde trabajan los demás, cuántos hijos tienen, con quién estuvieron a punto de casarse antes de hacerlo de verdad. La ciudad entera conoce la vida de sus vecinos hasta tres generaciones atrás. Cada historia forma parte de un álbum de familia colectivo.

A los que no se les conoce el linaje ni se puede comprobar dónde compran el vino o el aceite se los llama «stranieri», incluso si han nacido a pocos kilómetros. Yo he cambiado tanto desde la última vez que estuve aquí que, por primera vez, también soy extranjera a los ojos de los demás.

Mi identidad está más vinculada a la memoria de los olores: el aroma a espresso en las aceras de los bares, el amargor de la rúcula salvaje que rompe el asfalto en los bordes de las aceras o los higos aplastados en la carretera, hirviendo bajo el sol del mediodía. Es todo esto, y no mi idioma, lo que me devuelve a este lugar.

Hay dos tipos de personas en las calles: las que caminan con la cabeza en alto y las que lo hacen mirando al suelo. Yo formo parte de las segundas. Nunca he sabido describir una calle por la belleza de sus fachadas, el color de los postigos o las plantas en los balcones. Sin embargo, podría hacerlo por las alcantarillas, los baches en las aceras, las raíces que asoman por el pavimento o los círculos negros de los chicles que se quedan pegados en la acera.

Cruzamos el viale della Repubblica antes de alcanzar la via delle Anime. Camino con cautela, evitando pisar las juntas entre las baldosas, aunque eso complique aún más llevar la silla de ruedas. Es un juego que con los años ha ido ganando fuerza hasta volverse una manía. Si un pie roza la línea, retrocedo de inmediato, corrijo el paso, busco la superficie limpia dentro de la baldosa. Repito la pisada hasta que encaja y avanzo más rápido para compensar el retraso con prisa.

En estos días he descubierto que llevar flores en la mano por la calle te concede una invulnerabilidad pasajera. Son tan hermosas que cuando las cortas para embellecer un espacio solo pueden marchitarse. «La rosa, qué perfecta es con manos asesinas». Recuerdo haber leído ese verso de e. e. cummings en la adolescencia y subrayarlo con rabia.

Con una flor en la mano siento la aprobación en la mirada de la gente. Me sonríen, inclinan la cabeza, ablandan los ojos. Algunos hasta se preguntarán quién me la ha regalado. A veces, incluso se detienen, giran el cuello y me siguen con la mirada, como si quisieran acompañarme.

Nadie imagina que es para un muerto.

XI

Abro el cajón de los pijamas. A pesar del olor sintético a jabón de Marsella, intento que la habitación respire conmigo como lo hacía cuando me encerraba de adolescente. Dejo la luz apagada para preservar la vaguedad del entorno y que la memoria se adhiera con más facilidad al presente. Los observo como un álbum de fotos. Sé exactamente qué recuerdos están asociados a cada pijama: el corte de pelo, los calcetines a juego, si estaba más gorda o más flaca, el calor pegajoso o el frío que entraba por las ventanas en invierno. Los colores desvaídos por el tiempo, los estampados geométricos, las pelotillas de tantos lavados, los agujeros cosidos torpemente: más preciso que cualquier foto.

Paso la mano por uno, siento el roce áspero de la franela desgastada en las mangas. Recuerdo que lo llevaba las noches de fiebre. Mi madre me ponía en la frente una toalla mojada en agua y vinagre mientras me susurraba «Il cielo in una stanza», de Mina, al ritmo pausado de una nana.

Su voz se adhería a mi piel igual que el sudor y los temblores y no sabía si era el delirio de la fiebre o el arrullo de su canto, pero la letra de la canción se traducía en imágenes que se desplegaban ante mí con una nitidez brutal. De repente, la habitación ya no tenía paredes, solo árboles, árboles infinitos que crecían a mi alrededor, como si un bosque hubiera invadido el dormitorio. Luego su voz se transformaba en una armónica, y esa armónica se inflaba hasta parecer un órgano, que vibraba para las dos, suspendido en la inmensidad de un cielo. A pesar de tener los ojos cerrados, la escena se mantenía fresca unos segundos más antes de disiparse. Después, solo quedaban las manos de mi madre empapadas de agua helada, siempre frías.

Ni las muertes, ni las pérdidas, ni las despedidas han alterado el cajón de los pijamas, que permanece inmune al tiempo. Ese olor no existe en otro sitio. Lo he buscado en dormitorios, lavanderías, trenes, restaurantes. Respirarlo me calma. Hay una tensión que me ata a esta casa. Sé que mi cuarto sigue siendo un lugar sagrado porque no hay otro en el mundo que huela así.

Los pijamas son prendas feas. Imponen un límite entre adentro y afuera. Un adentro poco agraciado, solitario, cómodo. Y un afuera donde exponerse a la mirada del otro, a menudo sin haberlo pedido. Por eso, durante mi adolescencia, solía vestir discretamente, con tonos oscuros.

Cojo el de lino azul oscuro y me lo pongo. Siempre he vestido con prendas holgadas y me sorprendo al ver cómo la tela cae sobre mi cuerpo más ajustada, pero igual de generosa. Soy una mujer de constitución ancha, de huesos anchos, de espalda ancha. Cuando era niña, nadie me dijo que eso fuera malo. Yo pensaba que era la forma en que el cuerpo se preparaba para dar a luz: ensanchándose poco a poco hasta convertirse en una manta preparada para envolver a otra criatura. Más tarde me di cuenta de que en mi caso no sería así.

Cuando me quedaba a dormir en casa de Margherita quería jugar a dar a luz. Cogía uno de sus muñecos, me lo metía debajo del pijama y empujaba con fuerza. Mi amiga levantaba con cuidado la camiseta y me avisaba en cuanto asomaba la cabeza. Entonces me metía la mano en la barriga y empezaba a tirar mientras yo sujetaba el muñeco desde arriba con un brazo que escondía debajo del camisón, para asegurarme de que no lo sacara demasiado pronto. Me deleitaba con los alaridos de ese dolor ensayado. Después de un breve forcejeo soltaba la mano, el muñeco salía disparado y mi amiga se ahogaba entre carcajadas. Una vez nacido, ella le ponía un pañal y le daba un biberón, pero yo perdía enseguida el interés. Lo único que quería era volver a parirlo. Se lo quitaba y me lo colocaba una vez más debajo del pijama. Nunca quise jugar a ser madre, solo a parir.

Con los años mi cuerpo se ha ensanchado. No he dado a luz, a pesar de ser una mujer robusta y fuerte. Mientras yo crecía, mi madre menguaba. Ahora podría meterla entera debajo de este pijama y parirla. Darle el primer golpecito para abrirle las vías respiratorias, oír su primer llanto, su primera palabra. Podría devolverle así la voz.

XII

Había olvidado lo temprano que amanece aquí. Me sigue sorprendiendo lo alto que está el sol a estas horas de la mañana mientras mi cuerpo sigue pegado a la madrugada.

A las ocho salgo a por higos chumbos, un poco de hinojo y el periódico para mi madre, pero me desvío. Todavía no me he aventurado por el centro y quiero comprobar qué comercios han resistido al tiempo. Camino por la via Salvatore Trinchese y sigo el curso natural de las calles principales, «il corso», como lo llamamos aquí, hasta llegar a la piazza Duomo, donde se levanta la catedral. Solo al presenciar la mirada impúdica de su barroco se entiende por qué a Lecce la llaman la «Firenze del sud».

Me siento a desayunar en la terraza del bar La Cartapesta y pido un pasticciotto con un café al ginseng. Mientras empujo la crema pastelera contra el paladar para saborearla observo a la gente. Distingo claramente a los turistas de los lugareños. Los primeros alzan la cabeza embobados y se detienen en seco frente a la iglesia, deslumbrados por el delirio de su exceso. Para los demás, ya acostumbrados, la iglesia es un fantasma, un edificio más en el camino a casa o al trabajo.

Pasa una pareja. Ella, visiblemente más joven que él, tiene el pelo y las manos gruesas, igual que yo. Pienso en todas las veces que de adolescente imaginé pasear por esta misma calle de la mano de ese chico que se hacía llamar *IronHorse*. Me gusta pensar que podríamos haber sido nosotros. No me cuesta demasiado proyectar mi rostro en el de ella. Con él, en cambio, no lo consigo. Su recuerdo sigue oculto en algún pliegue de mi memoria.

En el bar suena «La bambola». La canción parece invocar la presencia de mi madre, como si asomara a la escena solo para ordenarme que vuelva a casa. La he dejado sola y un desayuno en la calle es un capricho. No me siento culpable por no haber aprovechado el tiempo con ella, sino por no haber pedido permiso.

Estoy tan ensimismada que el camarero tiene que repetirme dos veces el precio.

–Signorina?

Pago y me disculpo en un italiano sin fisuras, aunque con un acento que le hace fruncir el ceño.

–Di dove sei? –pregunta, con esa amabilidad impostada que se reserva para los extranjeros.

–Lecce città –respondo, creyendo que no se refiere a mi país sino al barrio o al pueblo. La ceja se le queda suspendida en el aire.

Ese pequeño gesto me basta para entender que ya no soy de aquí. No del todo.

El idioma materno sigue en mí, pero lo hablo con la voz de quien vive fuera. Habito otro lugar a costa de haberme convertido en extranjera en ambos.

XIII

Mi madre no se ha dado cuenta de mi ausencia. Sigue en el salón, inclinada sobre la mesa intentando encajar las piezas del puzle. La gata duerme encima de las fichas y me mira sin demasiado interés.

Detrás de ellas, en la pared, cuelgan los trofeos de pesca de mi padre, cabezas cortadas de peces condenados a que el terror de su último instante de vida quede congelado para siempre. Sus ojos de cristal siguen abiertos, como si no hubieran entendido qué les pasó.

Mi padre tenía un barco en el muelle de Porto Cesareo. Lo compró de segunda mano tras el diagnóstico de su enfermedad. Yo tendría unos doce años. Era blanco y azul, con el casco desgastado por el mar. Tenía una cocina minúscula donde solo cabía un hornillo y un fregadero que escupía agua salada. El baño era un boquete en el suelo con una puerta y una ventana oscurecida por el salitre. Dos literas ocupaban la cabina, cubiertas con unas sábanas que olían a humedad. Todo parecía preparado para que el roce fuera inevitable.

En verano solíamos pasar los fines de semana en alta mar. La calima bordaba una capa de niebla alrededor de la orilla dejando entrever las siluetas de los edificios y los acantilados de Castro. La franja de tierra se iba difuminando hasta que un azul redondo nos colmaba los ojos. Papá echaba el ancla solo cuando el mar ocupaba por completo nuestro campo de visión.

Mi madre se pasaba el día en la popa tomando el sol. A pesar de su pudor, en el barco se quitaba la parte de arriba del bikini. Odiaba las marcas del sol en la piel. Con los ojos cerrados, se tendía sobre una toalla, ajena a cualquier otra mirada que no fuera la del cielo. Yo la espiaba de reojo desde el mar, fijándome en la curva de aquellos pechos firmes, ni grandes ni pequeños. Me preguntaba si los míos algún día tendrían una forma parecida.

Una tarde, cuando subíamos por la escalerita después de nadar, vi una mancha oscura en las bragas mojadas del bikini de mi madre. Unas gotas rojas le bajaban por la cara interna del muslo. No parecía que le doliese, caminaba tranquila. Entonces entendí que esa sangre era otra cosa y sentí un deseo voraz de sangrar como ella. No sabía por qué. Tal vez me parecía la puerta a una complicidad que nos estaba vedada. Imaginé que si eso me pasara ella me hablaría en voz baja, me daría una compresa sin rodeos ni explicaciones. Compartiríamos algo íntimo, algo que podríamos llamar nuestro.

A veces, nos quedábamos en el barco hasta el anochecer. Papá tenía la teoría de que la luna llena despertaba a los peces. Con la marea alta se acercaban a la orilla para reproducirse y pescarlos era más fácil. Lo resumía diciendo: «Con la luna piena, i pesci vengono a fare l'amore».

La semana antes de que mi padre muriera vendieron el barco y la casa se llenó de visitas. No entendía por qué todos le hablaban tan afectados. Mi padres decidieron ocultarme la enfermedad el tiempo que esta le concedió a él de vida. Una vez, de adolescente, le había oído decirle a mi madre que él no tenía una hija. Quizá por eso tampoco creyó necesario despedirse de mí.

Conocidos y amigos le apretaban la mano y le hablaban de planes futuros, como si tuviera derecho a ese tiempo. Es un ejercicio de sangre fría mirar a alguien a los ojos y fingir que no sabes que no le queda vida por delante.

Los últimos días la situación se precipitó: la enfermedad y los calmantes lo arrastraron a un estado de duermevela constante. Balbuceaba frases sin sentido, como en un sonambulismo perpetuo. Mi madre lo vigilaba desde lejos, sentada en una silla o de pie con los brazos cruzados. No lloraba. El día que entendió que no había vuelta atrás, se le quebró algo por dentro. Como cada tarde, llamó al médico. Le dio las gracias antes de colgar. Parecía serena, pero al levantarse una fuerza afeó su rostro y empezó a lanzar objetos contra mi padre: un libro, un candelabro, una figura de santo de papel maché, un plato. Los objetos se estrellaban contra la pared o caían cerca de él sin que reaccionara. Era su manera de rendirse, de poner fin al tormento que los había arrastrado durante más de veinte años. Lo maldecía con una voz rota, escupida. Con cada objeto lanzado se decía a sí misma que ya no sería amada. Que no sería amada nunca más. Yo fui cobarde y llamé a escondidas a mi tío, que llegó enseguida con un amigo enfermero. Entre los dos la sujetaron y sedaron. Mi madre se desplomó en el sillón. Cuando metieron a mi padre en la ambulancia supimos que era la última vez que lo veríamos con vida, fue como si deslizaran su cuerpo a la boca de un incinerador. Lo último de él que se mantuvo vivo en mi memoria fue lo primero que abandonó a mi madre: la voz.

Desde la ambulancia, ya sin verlo, lo escuchaba repetir una y otra vez:

–Li pisci, li pisci. Li pisci cu la luna china enenu cu fannu l'amore.

Los amigos que salían a pescar con él acudieron a vernos a casa en señal de respeto. Nos dijeron apenados que mi padre había «perso la battaglia», pero que no había «smesso di lottare». Siempre me han incomodado las metáforas bélicas para hablar de los cuerpos enfermos. Durante años, he arrastrado la angustia de pensar que la culpa había sido suya, que el cáncer no lo había matado, que él se dejó vencer. Como si al contraer la dolencia el cuerpo se volviera al mismo tiempo ciudad sitiada y enemigo.

Hoy en esa pared del salón también debería estar colgada la cabeza de la hija que él decía que nunca tuvo. Ella sería otro pececillo. Como los demás, tendría la boca abierta. Nadie sabría si, ahí suspendida, estaría lanzando un alarido de dolor o implorándole a su padre un beso.

XIV

Pongo la mesa. Sostengo un tenedor en el aire porque no sé si va al lado del cuchillo o a la izquierda del plato. El gesto me devuelve al disgusto en el rostro de mi madre cada vez que intentaba inculcarme la importancia de colocar bien los cubiertos. Para ella el protocolo no era una lista de normas que seguir, sino una forma de disponerse al servicio de los demás. Solía decirme que el huésped siempre debía sentirse complacido porque la servidumbre era la manifestación más lúcida del respeto.

La palabra «disgusto» existe tanto en español como en italiano, pero en Italia tiene que ver más con el asco que con la pena. Hay palabras cuyos matices se desdibujan entre idiomas y que me cuesta emplear con precisión desde que el español es mi lengua habitual. Son términos que me exponen doblemente; el lenguaje tendiéndome una trampa.

Hay otras, en cambio, que me traicionan por cómo suenan. «Affanno», por ejemplo, no guarda relación con el ansia o el deseo. Es esa dificultad para respirar que provoca el bochorno del verano en Lecce. Cuando pronuncio las consonantes dobles parecen una respiración entrecortada. O «rimpianto», el remordimiento, que es un llanto, pero con el prefijo ri-, que sugiere un retorno constante, el eco de algo que se ha llorado antes.

Si una palabra arraiga en una lengua, se marchita en otra. Es una lucha continua por mantener el equilibrio entre lo que creo saber y lo que el idioma me arrebata. No son solo las palabras las que se me escapan, sino algo más hondo que, por más que busque en mi vocabulario, no consigo nombrar.

Mientras mi madre enreda un nido de carbonara en el tenedor, Cavalli salta a la mesa. Ella ni se inmuta. La gata olfatea la pasta, acerca el hocico a los bordes del plato y empieza a mordisquear un trozo de guanciale. Puedo ver su saliva, que habrá pasado de la lengua a las patas, al vientre, a los genitales, y viceversa, pegándose a la yema del huevo, aún tibia y que resbala por los espaguetis, antes de acabar en la boca de mi madre.

Ella no aparta la mirada de Cavalli mientras come. Incluso le pasa la mano por el lomo. Lo hace con la misma ternura con la que entraba en mi habitación por la noche cuando yo era pequeña. Me estiraba las sábanas y las remetía debajo del colchón para que no se salieran. Yo me hacía la dormida y ella me besaba en la frente. Siempre entreabría un ojo mientras se reincorporaba para ver la expresión en su rostro. Es esa misma mirada que ahora posa sobre la gata.

Entiendo de golpe que el lenguaje que he intentado arrancarle con canciones no se ha extinguido, solo se le ha replegado en los ojos. Esos ojos que van de la pasta al hocico de Cavalli, que se detienen en el hilo de baba que le cuelga del colmillo, leyendo su hambre.

–Non fai niente?

No responde.

–Ma insomma, nnu faci niensi? –le repito, esta vez en dialecto.

Agito la mano para espantar a la gata, que me enseña los dientes, bufa y baja de un salto.

–Che schifo! Ti può venire un'infezione!

Cojo lo que queda del plato y lo tiro a la basura.

XV

Son las siete de la tarde y ya asoma la luna. Mi falta de asombro me demuestra que soy de aquí a pesar de todo. De fuera, llegan los ruidos de un mundo que desearía entrar. El zumbido de los grillos y los mosquitos se vuelve tenue al filtrarse por los agujeros estrechos de la persiana, como si sus cuerpos fuesen menguando con el sonido.

Estamos a finales de agosto, pero mi madre necesita una bolsa de agua caliente.

–Notte, mamma. A domani.

Espero unos segundos, olvidando que no habrá respuesta. No aparta la mirada de la tele, que lanza imágenes sin sonido mientras la gata ocupa el borde de la cama, atraída por la fuente de calor. Envidio su capacidad de querer y de enroscarse a los pies de quien ama. Al verme, salta al suelo. Se acerca al umbral de la puerta, con las patas firmes sobre el parqué y la cabeza ligeramente inclinada hacia mí. La cola se mueve lenta, calculada, marcando un límite. Todavía no me ha perdonado el manotazo de la comida. Me vigila porque este espacio ya no me pertenece. Ha tomado posesión de la estancia y me desafía a cruzar su frontera. Su cuerpo tenso me ordena retroceder.

Salgo sin hacer ruido y me vuelvo para ver si sigue ahí. En la penumbra, los ojos de mi madre son dos montones de cenizas enflaquecidos por el cansancio. Las manos descansan sobre el vientre y tiene los dedos entrelazados en un gesto de rezo. Esa imagen sí la reconozco.

De pequeña me enseñó a rezar con las manos juntas antes de acostarme y a mantenerlas perfectamente rectas. Decía que si dolían era señal de que iba por buen camino. Apoyaba los codos sobre las sábanas y ella esperaba detrás de mí, inmóvil, con los brazos pegados al cuerpo, hasta que consideraba que había terminado mis oraciones. Yo alzaba levemente la cabeza, lo justo para que creyera que estaba hablándole a Dios. Pero mi mente siempre estaba en otra parte. Mi madre confundía mi ausencia con devoción.

Me pregunto si, desde que perdió el habla, todavía escucha su propia voz dentro de la cabeza. Si al rezar las palabras siguen formándose como cuando canta o si solo se queda inmóvil hasta que el sueño la arrastra.

Daba igual que pasara la varicela o sacara buenas notas en un examen. Atribuía cualquier cosa buena a la intercesión divina. Ante una enfermedad grave o un accidente sin heridos repetía la misma frase en dialecto: «Fazzaddiu», responsabilizando a la voluntad de

Dios. Eso fue lo primero que dijo cuando diagnosticaron el cáncer a mi padre, como si reafirmara una sentencia divina.

«Fazzaddiu». Lo digo susurrando en el pasillo por el simple placer de oír cómo suena en mi boca. Desde que volví a Italia, hay palabras en mi lengua materna que me asaltan de repente. No sé de dónde salen ni qué las provoca, es como si hubieran estado esperando en un rincón de mi mente a que pisara este suelo para aparecer. Coloco la mano en el pomo de la puerta de mi dormitorio y me atraviesa otra de ellas: «Soqquadro».

«Soqquadro» es la única palabra que en italiano se escribe con doble cu. Al aprenderla, a los niños nos fascina lo extraño de esa consonante doblada. Los más repelentes no perdíamos ocasión de usarla, por el simple placer de romper una norma tan básica. No me extraña que sea una palabra tan poco dócil. Significa que un orden establecido ha sido destruido de forma violenta: una mano, un cuerpo, una voluntad ha entrado para desarmarlo todo. También se refiere a una vida.

No faltaba ni una semana para que me fuera a España cuando Cavalli se instaló en la casa. Supo ocupar el sitio que yo dejaba libre, también el amor de mi madre. Desde que he vuelto, no ha cesado de vigilarme. Ahora acaba de cerrarme el paso al dormitorio materno, como si supiera que he venido a recuperar algo que ahora es suyo.

Entro en mi cuarto con rabia. Me alcanza ese olor a limpio que tienen los lugares de paso: un aroma suave e incómodo, igual que la pulcritud de la habitación, que reordeno cada mañana con esmero. En mi ausencia todo ha permanecido en su sitio y me esfuerzo por repetir la misma imagen cada día, pensando que el orden es la única forma de no perturbar un espacio extraño, más de la gata que mío. Tal vez sea esa búsqueda neurótica de la simetría lo que marca el paso de la infancia a la adultez.

El desorden es una rebeldía creativa, una resistencia que se domestica con los años hasta volverse molesta. Como la tensión del niño que escribe soqquadro solo por el placer de colocar dos cus juntas y desafiar su lengua. Con el tiempo, esa palabra desaparece de su vocabulario. Ya no cabe en la boca de quien ha aprendido a obedecer.

XVI

Noto el peso de unos ojos. Son los de Cavalli, que está pegada a la puerta de mi cuarto. Ha venido a cerciorarse de que no me haya acercado más de la cuenta. Irritada, le sostengo la mirada. Nos quedamos así un rato, sin parpadear, en un pulso en el que medimos nuestras fuerzas sin tocarnos. Aguanto hasta que los ojos me escuecen y los cierro justo cuando me empiezan a arder. La gata da media vuelta con la cola en alto y regresa por donde ha venido. He vuelto a perder.

Estoy empezando a odiar a Cavalli. De pequeña ya jugaba a ser una gata callejera: subía las escaleras de casa a cuatro patas o me tumbaba en el triángulo de luz de la ventana que calentaba las baldosas. Cerraba los ojos y me imaginaba caminando por una cornisa infinita, en busca de un rincón estrecho donde nadie pudiera verme. Aprovechaba cada ocasión en la que había que pedir un deseo –cumpleaños, Nochevieja o las estrellas fugaces en San Lorenzo–, para rogar convertirme en gata y así conseguir la habilidad de desaparecer.

El día de mi primera comunión, al recibir la hostia, saqué la lengua al máximo para que se me quedara pegada al paladar. Con los ojos cerrados volví a pedir ese deseo, segura de tener dentro de mí el poder del Espíritu Santo. Me agaché y besé el suelo. Empecé a gatear por el pasillo central, con las rodillas raspando la alfombra, hasta que unos dedos fríos me levantaron de la oreja. Mi madre me alzó de un tirón, como si arrancara la mala hierba de una acera. Ese día terminó mi infancia porque entendí que nunca podría ser una gata. Dios me decepcionó tanto que quise sacarlo de mi cuerpo. Fui al baño y me metí dos dedos hasta el fondo de la garganta.

Ahora, mientras Cavalli desaparece por la puerta me asalta un deseo extraño: quiero ser ella, ocupar su lugar, recuperar la atención de mi madre. Es un deseo que se vuelve más insoportable cuanto más veo al animal.

Soy aún una niña obsesiva incapaz de sentirse del todo una persona. Necesito enfrentarme a la obsesión y diseccionarla para desarmarla. Por eso voy a escribir un cuento sobre la gata. Lo empezaré con una cita de la poeta argentina Luisa Futoransky: «Hay que sufrir el celo de todos los animales para conocer los ritos del amor». No sé qué ritos busco, pero sé que Cavalli los conoce.

Escribo ese cuento para leérselo a mi madre y comprobar si al oírlo su cuerpo se agita o responde a mis palabras. Me basta con eso. Si no he podido alcanzarla con la música, lo haré con la escritura. Lo hará la gata.

No puedo ser Cavalli, pero puedo imaginarlo.

CAVALLI

LA MADRE

Hay que sufrir el celo de todos los animales
para conocer los ritos del amor.

LUISA FUTORANSKY

Cuando mi madre entró por primera vez en la casa tenía el culo lleno de caca. La compraron por internet y llegó en un camión desde Polonia. Pegada al lado derecho de la cama, la pareja había preparado una cuna rosa palo de madera, que al cabo de unos meses usarían para el bebé. No podían dejar de mirar a mi madre. Le decían que era guapa. Que era guapa como una niña guapa. Que era guapa como una virgen dolorosa, como una princesa. Que tenía los ojos como dos soles. Que era guapa como las muñecas de antes. Tan solo mírala cómo duerme, mírala cómo respira, parece una criatura salida de un cuento, mira qué guapa, una especie en peligro de extinción. Que se la comían entera. Que la querrían para siempre. Le decían guapa, guapa y guapa. Que no habría nadie como ella jamás en la vida.

Ella adaptaba guiones de películas a otros idiomas. No era raro oírla maldecir en inglés, pedir la cuenta en francés o tener sexo en catalán. A mi madre le costaba entender aquel cuerpo inmóvil ante una pantalla. Parecía enfermo. Cuando Ella se levantaba para estirar las piernas, sacaba un palito con un peluche en forma de pájaro y lo hacía revolotear frente a su cara. Mi madre estaba convencida de que cada día era un pájaro nuevo. Se quedaba al acecho, una y otra vez, con el mismo entusiasmo. De eso trata la infancia: de hacer real algo postizo.

Cuando regresaba Él, mi madre se ocultaba porque traía olores demasiado fuertes. Se le acercaba en la mesa cuando le pasaba a escondidas trozos de pescado o de carne. Una vez le dio brócoli y mi madre se lo comió con un entusiasmo que Él no esperaba. La atiborraba día tras día para sentirse menos culpable por el poco tiempo que le dedicaba. Lo hacía más para sí mismo que para ella.

Pasaron las noches y una pena extraña se apoderó de mi madre. Se frotaba con todo, lloraba y arañaba las puertas. Era como si se hubiese tragado un bichito y ese bichito creciera dentro de ella. Pasaba cada vez más tiempo detrás de la ventana, imitando el sonido de los pájaros para que bajaran.

Fue entonces cuando la encerraron. «Asco de gata», le decían. No aguantaban más ese lamento tan humano, que parecía venir de la barriga de Ella. «Asco de gata. Si le pasa algo a la niña es tu culpa», y subían el volumen de la tele.

Un día se fueron corriendo de la casa. Cuando volvieron, todo había cambiado.

Le decían que era guapa. Que era guapa como una niña guapa. Que era guapa como una virgen dolorosa, como una princesa. Que tenía los ojos como dos soles. Que era guapa como las muñecas de antes. Tan solo mírala cómo duerme, mírala cómo respira, parece una criatura salida de un cuento, mira qué guapa, una especie en peligro de extinción. Que se la comían entera. Que la querrían para siempre. Le decían guapa, guapa y guapa. Que no habría nadie como ella jamás en la vida. Pero ya no hablaban de mi madre.

Otro día, por descuido, Ella dejó la ventana del baño entreabierta. Mi madre saltó y se perdió entre las aceras, desorientada con tantos ruidos nuevos. Un gato gordo atraído por el olor del bichito se le subió encima y le hundió los colmillos en el lomo, con el hambre de quien muerde un fruto maduro. Ella se quedó quieta y algo empezó a hacerle añicos el bichito desde dentro. Sintió el estremecimiento de aquel cuerpo minúsculo deshaciéndose. Emitió un maullido largo y descubrió que ese placer estaba íntimamente ligado al dolor. No sabía si la muerte se había llevado al bicho o si se la había llevado a ella también.

La ventana seguía abierta. Los olores de la casa se le metieron en el hocico hasta ocupar de nuevo los lugares donde antes estaban el bichito y la calle.

Ya nadie le hacía caso. Pasaron las semanas y su cuerpo empezó a cambiar. Su vientre creció, se volvió torpe y su andar pesado.

Lo vio moverse, redondo, carnoso, lento, como una presa herida. Mi madre confundió el pie rechoncho del bebé con el pájaro de juguete con el que antes jugaba. Se agazapó, abrió la boca y de un salto clavó los colmillos en ese trozo de carne precioso.

Aquella noche metieron a mi madre en el transportín. Lo colocaron en el asiento trasero para no mirarla. Bajaron el cristal del coche y la tiraron en el contenedor del cementerio como una colilla.

DOS

LA CURA, FRANCO BATTIATO

XVII

Un sonido agudo me arranca del cuento. No sé si viene de la casa o si lo he invocado con la escritura. Suelo tardar unos segundos en cruzar esa frontera entre lo imaginario y lo real. El lamento se vuelve definido. Es menos feroz de lo que temía. ¿Es mi madre pidiendo ayuda? ¿Es la gata en celo? ¿Le estará haciendo daño?

Mamá se retuerce entre pesadillas como un gusano atrapado bajo tierra. Intenta vocalizar, pero incluso en los sueños las palabras la traicionan. Llevo la mano al bolsillo, donde tengo el móvil, con la intención de llamar a Titina, pero no lo hago. Hay algo en el misterio de ese cuerpo oculto bajo las sábanas que me cautiva. La observo con la misma extrañeza con la que se contemplan en un museo esas obras que no se comprenden, pero hipnotizan. La tensión que la mantiene suspendida entre el mundo real y el onírico tiene efectos materiales y deja marcas sutiles en el cuerpo. Unas minúsculas perlas de sudor se le agolpan en los pelillos blandos del bigote, que ahora se tensan igual que el vello rubio en las patillas. En la comisura de los labios una baba blanca, reseca, se aferra a la piel como el musgo en una superficie rocosa.

–Mamma, tutto bene?

Mientras me inclino para observarla, pienso en cómo algo que no pertenece a este mundo consigue hacerse materia. Le abre los poros, le drena el sudor, le tensa los músculos y le eriza el vello. Ante un cuerpo que se deshace, no me queda otra que rodearle el cuello con los brazos, como si ese gesto bastara para evitar que se descompusiera.

–Mamma, non ti preoccupare. Ci sono io con te.

En uno de los últimos espasmos del sueño, su boca cae al lado de mi pecho. Se queda entreabierta. El labio inferior roza la tela de mi pijama a la altura del pezón. La arrullo para calmarla. Le susurro unos versos que le escribí hace años, igual que ella me cantaba «Il cielo in una stanza» para amansar los caballos negros de mis pesadillas. El poema se titula «Si mi madre entendiera castellano y leyera mis poemas»:

Si mi madre supiera que su hija quiere ser madre
cogería el primer vuelo para España.
Encogería las piernas,
se amputaría los brazos,
se partiría la columna,
engulliría una a una sus muelas
y sus setenta años.
Se haría cada vez más pequeña,
se inventaría un idioma,
balbucearía de nuevo
para ser mi hija.

XVIII

Cuando me despierto sigo abrazada a mi madre. El televisor, encendido. La RAI emite otro de esos programas interminables que llenan las madrugadas. El presentador Gigi Marzullo remata como de costumbre una entrevista diciéndole a su invitado que se haga una pregunta y que se responda. Mientras vuelvo a mi dormitorio oigo la voz del periodista:

–Si faccia una domanda e si dia una risposta.

Y, sin pensarlo, mi mente formula una: ¿has imaginado alguna vez que, si estuvieras muerta, tu madre sería más feliz?

No hay manera de quedarme dormida. El cuadro frente a la cama me devuelve una mirada que me atraviesa antes de poder esquivarla. *Fanciullo con canestro di frutta*, de Caravaggio. En medio de una escena tétrica y desolada, un muchacho de ademanes delicados y sensuales sostiene un cesto rebosante de frutas: manzanas, racimos de uvas aún húmedos de escarcha, higos y hojas diseminadas entre ellos. Tras cinco años, lo miro con ojos frescos, como si se hubiera convertido en otra cosa; algo que mi madre colgó en la pared para que yo lo descifrara de niña, comunicándose conmigo de esa forma sinuosa, esquivando las palabras.

La textura de la piel del muchacho, que recuerda a la del melocotón que corona el cesto, la tensión de los hombros, el gesto sensual, las pupilas negras y penetrantes: todo me resulta insólitamente familiar.

Había olvidado hasta qué punto la imagen del niño llegó a obsesionarme. Fantaseaba que era yo el que sostenía el cesto, con los labios entreabiertos, la mirada fija en algo que solo yo podía ver. Desde la ventana se filtra una luz azulada que rebota en el hueco donde el cuello se encuentra con la clavícula, igual que en el cuadro. En un acto reflejo, me coloco la mano en el hombro. Busco el mismo detalle en mi cuerpo, pero mis dedos no encuentran la tersura sedosa de su juventud, sino el calor pegajoso de mi piel sudada.

Noto un picor que intento aliviar con una fuerza desmedida. En lugar de brillar, ahora la piel parece castigada, enrojecida, como si el malestar de mi adolescencia se hubiese esparcido sobre este trozo de carne y hubiese aflorado con el recuerdo. Me rindo ante la idea de que nadie podrá devolverme el amor de una infancia que no existió.

Ante mí, un niño atrapado en la eternidad del placer de su gesto. Y yo, en el deseo de ser él.

XIX

Esta noche he soñado que era pequeña. Estaba en la cama con un pijama de rayas azules y un pelito corto que enmarcaba mi cara ovalada. Un haz de luz se colaba por el cerrojo de la puerta. Yo me levantaba. El colchón era viejo y los muelles crujían. Miraba por la cerradura. La luz me alcanzaba la pupila, que se inundaba con la silueta de mi madre. Parecía un gigante, de espaldas, en el pequeño rellano que separaba su habitación de la mía. Cuando parpadeaba, notaba algo pesado en la mano: un cesto lleno de frutas. No sabía de dónde había salido. Solo que debía sostenerlo. Tenía la sensación de que me observaban. La fruta, las manzanas, los higos, los melocotones, las cerezas tenían ojos repartidos por la piel. Pequeños, húmedos, clavados en mí. No me asustaban, pero me incomodaba su mirada. Imaginaba que, si me quedaba quieta, acabarían cerrándose. Entonces oía la voz de mi madre:

¿Qué hago yo con esta niña que huele a culo?
¿Con esta niña que se caga encima
y me ensucia las sábanas blancas?

Esta niña que no hace más que llorar y llorar y NGUEEEE NGUEEEE.

Esta niña que NGUEEEEEEE.
¡Esta niña nació con el culo en pompa y huele a flores!
A flores y a culo, esta niña.
Por eso tiene gusanos.
Gusanos en las nalgas,
gusanos en los oídos,
gusanos en la nariz.

¿Por qué arranqué a esta niña de la tierra?
¿Por qué la arranqué?

Mírala ahora, en este tiesto y con el culo en pompa.
Mírala. Parece un cochino.

Ojalá abrirle una raja pequeñita,
ojalá solo una
y limpiarla por dentro con lejía,
como se limpia una sábana.
¡Si yo solo quiero una niña limpia! ¡Mi niñita limpia!
No pido más.
Yo quiero una niña que huela a talco,
que huela a casa.
No a tierra mojada.

Señor, dame paciencia o una espada.
Señor, dame una noche y una espada.
Que yo te daré una tragedia.
Te daré una tragedia
y sábanas blancas.

En el sueño, mi madre se daba la vuelta. Miraba hacia la puerta. Yo daba un salto hacia la cama y para no llorar me metía un puño en la boca. El cesto se me resbalaba de las manos y la fruta caía hacia arriba, como si el cielo estuviera debajo. No sabía si seguían mirándome desde el techo o si, por fin, habían cerrado los ojos. Mi madre seguía murmurando algo entre dientes. Cada palabra suya alargaba mis dedos, los deformaba. Sentía cómo iban creciendo dentro de mi boca y descendían por la garganta, frase tras frase. Me daban arcadas. Se acercaba a la puerta. Agarraba el pomo y yo me tapaba entera con las sábanas. La puerta rechinaba. La puerta se abría. Me hacía la dormida. Quería que encendiera la luz. No encendía la luz. Mi respiración se aceleraba. Daba otro paso. Pensaba que las sábanas me protegían. Que estaba en una madriguera. Apretaba los ojos, pero ya los tenía cerrados. Quería lograr una oscuridad más densa. Como si pudiera existir un negro más negro que ese negro. Mi madre se acercaba. ¿Tendría un cuchillo en la mano? Notaba el brazo, pero nada metálico. Andaba de puntillas para no despertarme. Y yo de perfil. Me temblaba el párpado. Las sábanas se deslizaban. Mi rostro quedaba expuesto. Esperaba el golpe. Algo me rozaba la mejilla. Sus labios. Me marcaba con un beso y me decía: «Ti amo, amore mio». Luego me volvía a tapar. Cada letra me atravesaba como una espada. Y ahora me despierto y me ofrezco al sueño con mi cuerpo agujereado. Un cuerpo agujereado es un cuerpo más leve.

XX

Esta mañana mi madre se ha despertado más torpe. La leche se le escurre por la comisura de los labios y he tenido que limpiársela con el pulgar. No había pasado antes. Algo de la pesadilla que tuvo la otra noche se ha quedado carcomiéndola por dentro. Confío en que la visita al cementerio le devuelva un poco de energía.

Hoy, por primera vez, leo la inscripción oculta tras la hilera de pinos en la fachada: PER LA PACE DELLE UMANE OSSA RISORGITURE. Nada más acercarme, las letras calcinadas por el sol resurgen en la piedra entre las copas alargadas y el mármol erosionado. Bajo el frontón, tres columnas estriadas flanquean la entrada. Arriba, centrados, dos huesos cruzados bajo una concha, símbolo cristiano del bautismo, que obliga a quien entra a bañarse bajo su cascada y dejar atrás toda impureza. Dos relojes de arena alados en relieve anuncian que la muerte suspende nuestra forma de entender el tiempo.

Me fijo por primera vez en el portón lateral de hierro forjado, el de la entrada de los vehículos. Tiene la pintura descascarillada con costras de óxido en las esquinas. Cuando veníamos a traerle flores al abuelo solía haber un hombre sentado día y noche, apostado junto a la verja. Controlaba las entradas y las salidas, con una gorra y una radio de bolsillo sintonizando las noticias y el fútbol. Ya no hay nadie. En su lugar, un semáforo regula el tránsito de los vivos hacia los muertos.

La escena se cierra sobre sí misma como una pintura bien equilibrada: el vigilante está justo en el centro, con la manguera en la mano regando las raíces de los pinos. Por la distancia y el juego de sombras su silueta parece diminuta. La barriga prominente, un brazo en jarra, la mirada absorta en el verdor de las plantas. Parece el Manneken Pis. Algo frágil en su postura me inspira confianza. Tal vez por eso el primer día le pedí que me guiara hasta la tumba de mi padre. No quería tener que llamar a Titina.

Cuando le conté que me llamaba Mia le pareció raro; era la primera vez que lo oía. «Tienes algo especial», dijo. Y añadió: «Yo soy Ariel». Era albanés, aunque había pasado más de una década trabajando en el cementerio de Algeciras antes de venir a Lecce. En cuanto le mencioné que vivía en España cambió al español sin preguntar. Después de presentarse, comentó que su nombre significaba «león de Dios». Lo dijo rápido, con un tono más grave. Estaba cansado de aclarar que en su país era un nombre masculino.

Esta mañana noto en Ariel la dureza de quien ha compartido techo con la miseria y la determinación de quien sabe que la única alternativa es mirar hacia delante. Me confiesa que lleva años soñando con volver a su Tirana natal, con su mujer e hija. Me habla de los domingos en que preparaban baklavas juntos, apretados en una cocina diminuta. Se aferra a ese recuerdo porque aquí, en Lecce, está a un paso de revivirlo, solo un retal de mar lo separa de su casa.

Hoy también ha querido acompañarnos. Mientras andamos, me cuenta que huyó de Albania tras los bombardeos, aunque una guerra, apunta, nunca termina del todo, se queda en los huesos de las ciudades y de quienes las habitan. Lo peor de irse, más allá de dejar a los suyos, fue abandonar su lengua, aprender otra sin edad ni ganas. Lo deja caer sin drama mientras se limpia con una uña la tierra reseca atrapada bajo otra. Al cruzar el mar debió de sentirse así: como un puñado de tierra endurecida arrancado de un lugar y arrojado a otro. Su acento andaluz me despierta una mezcla de ternura y orgullo, pero no se lo digo.

Abandonar la lengua materna por razones políticas y aprender una nueva es una forma de transicionar, de ser otra. Hay algo bello y violento en desmontar el abecedario y reordenarlo en combinaciones nuevas. Se produce un cambio puramente físico al reaprender el movimiento de la lengua, la forma de colocar la boca para generar sonidos que no existían en tu cuerpo. Ariel y yo compartimos el español con el esfuerzo de quien nunca lo ha hecho del todo suyo. Hay que llevar la lengua hasta los dientes para la ce, moldearla con cuidado para no mordérsela. Buscar un sonido áspero, que ya existe, como el de una cafetera moka al fuego, para sacar de la garganta la jota. Hacer vibrar la lengua y endurecerla para marcar el sonido doble de la erre al principio de una palabra.

Cuando eres extranjero, siempre tienes delante un modelo que imitar, un nativo con las palabras danzando sobre su lengua y una pronunciación concreta. Todos te animan a que aspires a esa naturalidad, a confundirte con ella, pero tanto el que habla como el que escucha sabe que algo delata el intento y expone el deseo frustrado de ser percibido como un sujeto completo, un miembro de la misma manada. Una lengua extranjera, como una identidad mestiza, enseña a convivir con el fracaso.

Se sorprende al saber que soy hija de mi madre. Ella nunca le habían dicho que tenía una. Me explica que la conoce porque acudía cada día con la signora Titina y había asumido que yo era la nueva cuidadora. Que Ariel no supiera que existo me genera alivio y vergüenza. Pero reconoce que ahora que lo sabe, ve el parecido. En la forma de la nariz, en los labios, en la manera de sostener la mirada. Es la primera vez que alguien lo verbaliza.

Le digo que he empezado a escribirle un cuento a mi madre, que quiero leérselo como hacía ella conmigo cuando era niña. Asiente con una leve sonrisa y me tranquiliza diciendo que pronto todo se arreglará. Nunca sabré si se refiere a que mamá recobre el habla o a que deje de sufrir.

Mientras hacemos el recorrido hacia la tumba de mi padre me habla de las plantas que crecen entre las lápidas y sus propiedades. Se sabe hasta los nombres en latín. Le digo que trabajar rodeado de tanto silencio debe de ser reconfortante. Ariel suelta una risita. Para él, el cementerio no tiene nada de tranquilo. Es un cuerpo vivo y muerto que no para de pudrirse y de renacer. Me habla de las canaletas que se atascan con las hojas secas, de los pulgones que se alimentan de los rosales, de las naranjas que caen y se abren en el suelo, de los malditos gatos que se juntan en la entrada esperando las sobras de su almuerzo. Si no es regar, es podar. Si no es podar, es limpiar. Y cuando todo parece en orden, se muere alguien.

Señala con uno de sus dedos gruesos la copa de los pinos. Se pone serio y comenta que ese sitio lo hace feliz, que nunca encontrará árboles más verdes porque en el cementerio los nutren los muertos.

Cuando le muestro mi sorpresa por todo lo que sabe sobre plantas, se detiene en seco y me contesta:

–El amôh te buerbe ôssesibo.

Por eso está obsesionado con el dinero. Quiere ahorrar veinte mil euros, lo justo para comprarse un barco lo bastante grande para cruzar el mar Adriático, volver a casa y traer a su familia. Si logra algo más, se comprará una casa en Dürres, una ciudad portuaria de Albania con una playa larga y sucia, donde la vida cuesta poco y su hija puede crecer feliz.

Juega al Lotto cada semana, pero nunca elige los números al azar. Se le aparecen en sueños, en los tiques de compra, en los relojes detenidos a una hora concreta. Si uno se repite tres veces en el mismo día, lo anota. Si un conductor se detiene en un paso de peatones, algo que nadie hace en esta ciudad, retiene la matrícula. Si al limpiar unas lápidas encuentra dos con la misma fecha, la memoriza.

Frente a la perspectiva de una vida miserable lejos de sus seres queridos, la desesperación opera en él con un rigor quirúrgico que lo lleva a apartar cada semana una cantidad de su sueldo ridículo para entregarlo al azar con la fe de un devoto.

Sus palabras sobre el amor y la obsesión siguen retumbando en mi cabeza. Las oigo en las manos de mi madre deslizándose sobre las cuentas del rosario, rezándole a mi padre en silencio. En mis dedos pellizcándome el muslo cada vez que piso fuera de una baldosa. En Ariel, con el boleto arrugado en las manos, repasando los números del Lotto. En el fondo, todas esas imágenes hablan de lo mismo.

Cuando llegamos a la tumba de mi padre, Ariel se despide con sobriedad. Me siento en el escalón de un mausoleo y observo cómo en este lugar todo está orientado hacia la oración: en cualquier rincón asoma un santo desde un panteón o incrustado en el mármol de una lápida. Hasta los senderos de piedra están hechos con restos de tumbas antiguas y no es raro ver el nombre de Dios partido en el suelo, pisoteado sin querer por miles de creyentes. En las puertas de los retretes cuelgan figuras de la Virgen y de Cristo vigilando y ordenando la entrada de los visitantes.

Los bancos, esculpidos en la misma piedra, no tienen respaldo. Obligan a quien se sienta a mantener el cuerpo recto y frío, listo para una oración rápida al Señor. La incomodidad en el rezo se vuelve placentera. Algunas mujeres se arrodillan directamente sobre la gravilla que rodea los nichos, con un rosario en la mano, besando el mármol de una tumba como si pudieran atravesarlo con sus labios y llegar hasta la calavera de sus maridos. Si se presta atención, en el suelo se pueden observar unas marcas, pequeños círculos de tierra oscura en medio de las piedras que delatan el tiempo que han pasado allí.

Coloco la silla de ruedas junto a la tumba de mi padre, a la altura de la foto, para que mi madre pueda alcanzarla con la mano y limpiarla con la muñeca. Luego me siento en un banco, saco el ordenador y escribo o traduzco. El silencio absoluto del cementerio es todo lo que necesito, hasta que se rompe con los golpes en el pecho de algún familiar que murmura entre dientes: «Per mia colpa, mia colpa, mia grandissima colpa».

Entre quienes frecuentan un mismo sitio a menudo se crea una complicidad que no pasa por la palabra, sino por el cuerpo: un cruce de miradas, una sonrisa a medio esbozar, un movimiento leve de la cabeza en señal de aprobación. Bibliotecas, bares, piscinas. Cementerios. Estoy empezando a encariñarme con quienes, como nosotras, vuelven cada día. En especial con una mujer joven cuyo lamento es desgarrador. Una mañana, al irnos, me acerqué a la lápida sobre la que lloraba. La fecha de nacimiento coincidía con la de la muerte. Al día siguiente, me fijé en una mancha de leche en su camiseta que marcaba los pechos: su cuerpo seguía dispuesto a alimentar a un hijo que ya no estaba.

En el retrato mi padre sonríe sobre un fondo blanco. La funeraria le metió a mi madre mucha prisa para que eligiera la foto. Alguien recortó su cuerpo y borró el paisaje. En la muerte el contexto estorba. Solo queda la cara, flotando en un vacío que sostiene un tiempo eterno. Lo imprimieron en papel brillante para que pareciera más vivo. En realidad, parece que está sudando.

Mientras camino por el cementerio juego a imaginar la voz de mi madre mezclando la vida de los muertos con la de los vivos. Su lengua se derrama sin esfuerzo entre el italiano, el español y el dialecto.

–Sta bbiti ddhra tomba? Ahí está Pia, la charlatana del mercado, la que vendía los higos más dulces, siempre me daba uno de más para que volviera. Guarda quello, guarda! Lì, lì! Lu mesciu Ninu ete! El zapatero que arreglaba los zapatos de toda la ciudad, ma che diceva che le sue scarpe erano le più vecchie di tutte.

Mientras me recreo en su voz fingida, mi mirada salta de tumba en tumba, de nombre en nombre, buscando alguno que coincida con los que menciona. Ninguno está allí.

–Questa, invece, è la signora Giuseppina, che aveva due mariti. ¡Dos al mismo tiempo! Y nadie lo supo nunca. Nisciunu!

La voz es tan clara que no sé si me duele o reconforta.

Cuando quiere irse, canta. Normalmente elige a Lucio Battisti, Mina o Gino Paoli. Pero su cantante favorito es Franco Battiato, el mismo que sonó al salir de la iglesia el día de su boda. Si elige «La cura», algo en su expresión se despeja. Es como si su voz realmente lograra vencer las corrientes gravitacionales, elevarse por encima del cuerpo gastado y proyectarse hacia otro tiempo. La imagino entonces junto a su amado: sentados el uno frente al otro, ella tejiéndole el pelo con los dedos, como si trenzara una melodía entre los hilos finos y mojados de una canción. A veces mueve los labios y le susurra que siempre le cuidará. Y entonces sé que está feliz.

No quiero irme. No soporto la idea de compartir la casa con la gata. Sé que al entrar mi madre la elegirá a ella y me convertirá en un fantasma. Solo me consuela mi cuento. Lo escribo para no ceder terreno y desaparecer. En el camino de vuelta, cojo la costumbre de leerle en voz alta lo último que he redactado. Sigo sin saber si me escucha, pero me aferro a la idea de que algo, aunque sea mínimo, le llega. Mi obsesión por Cavalli crece. Su nacimiento, su madre, su mente. El amor que las une me corroe. Es una nube de tormenta que me empapa entera.

Un estruendo me saca de mis pensamientos. Giro la cabeza. Ariel lanza una bolsa de basura contra el contenedor con una fuerza innecesaria, muy masculina. El golpe metálico sacude el aire y espanta a tres gatos acurrucados sobre una lápida, que se dispersan entre las sombras de los naranjos.

El hombre se limpia las manos en los pantalones. Un día más, el estrépito de la basura contra el metal marca el final de su jornada.

CAVALLI

EL CONTENEDOR

Nacer es un acto violento. Nadie pide venir al mundo. Mientras yo salía del vientre de mi madre, una mano arrojaba sobre nosotras una bolsa de basura. Se nos caían encima los colores, las formas y las texturas que los demás ya no querían. Piel de plátano. Hueso de pollo. Una luz especialmente amarilla me impactaba en los ojos, pero los párpados se mantenían cerrados, como si aún no tuviera cuerpo.

En el contenedor mi madre sudaba por la barbilla, el culo, las patas. Los ojos le brillaban tanto que también parecían sudar. Seguía mareada por el viaje en coche. Un pañuelo usado. Empujaba con la belleza de las cosas que no se aprenden. Parió sin aspavientos, como si llevara toda la vida haciéndolo. Cuando la bolsa se rasgó contra su pelaje, el sobresalto le hizo patear uno de los bultos de carne que acababa de salir de ella. Lo lanzó al fondo del contenedor, donde el polvo bailaba con los gusanos. Una lata de cerveza abollada con colillas. Podría haber sido yo. Envase de yogur griego manchado. El lamento de esa criatura cortó el aire y se unió al nuestro. Luego, se diluyó hasta extinguirse. Un crisantemo podrido.

Las demás sonábamos como ratones asfixiados. Fuera del lenguaje, nacer y morir se modulan en la misma nota. Gritábamos porque el mundo nos abrumaba y eso que todavía no conocíamos los pinos, la tormenta, las estaciones o las curvas de los caracoles. Pero no había vuelta atrás. Chillar fue nuestra primera forma de nombrar las cosas. Las llorábamos, como adelantándonos a un duelo.

El rostro de un animal recién nacido se parece al de uno anciano: falta de dientes, mordida débil, cráneo blando, balbuceo. Hasta el olor corporal, una mezcla de aliento lechoso y pelaje. Cabeza de pescado en descomposición. Si esa luz amarilla hubiese conseguido pincharme los párpados habría contemplado al mismo tiempo el principio y el final de una vida.

Algo pegajoso me empujó contra una superficie rígida y me arrastró hacia otros cuerpos igual de escuálidos que el mío. Pelo de caniche, plumas de agapornis. Me aferré a la lengua de mi madre sin saber qué era una lengua. Me derramé entera sobre ella, mientras nos lamía con obstinación. Así tracé el mapa de mi cuerpo: cabeza, barbilla, orejas, panza, vagina. Nos embestía con tal fuerza que su pelaje se fundía con nuestros cráneos desnudos, cubriendo una ausencia. Tardaría en entender dónde terminaba mi cuerpo y dónde empezaba el suyo.

A oscuras, la vida entraba por el oído. Algún día llegaría la luz con sus atrocidades y nos separaríamos. Dejaríamos de oírnos por dentro. Llamaríamos vida a otras cosas.

Cuando mi boca llegó a su pezón, encontró la leche. El líquido corría de su cuerpo al mío sin mancharse con la vida. ¿Me estaba alimentando con algo muerto? Mientras recuperaba el aliento antes de engancharme de nuevo, una angustia me atravesó de una forma en la que aún no había conseguido hacerlo la luz.

«¿Estaré contigo para siempre, mamá?». Pero solo maullé.

Nacer es un corte.

Mi madre era mi hermana. Mi hermana era yo y yo la madre de todas. Los animales nacemos sabiendo que no somos solo uno. El vínculo nos hace grandes. Si me dolía a mí, les dolía a todas.

La basura es el lugar donde acaba lo que los demás están dispuestos a olvidar. El cementerio, en cambio, es donde se instala la memoria de lo que ya no existe. Yo vine al mundo en el contenedor de un cementerio. Mi nacimiento fue pura contradicción.

¿Qué sueña un animal recién nacido cuando aún no ha abierto los ojos?

Se trata de abrir la boca y relajar el esfínter. Cagar es una mezcla de placer y sufrimiento que no necesita explicación, como parir. Sin embargo, mi primer recuerdo del dolor fue la noche del gran estruendo, cuando mi madre me mordió el cogote para sacarme de la basura. Sin miramientos, con una prisa que no dejaba lugar a la ternura. Si hubiera apretado un poco más, me habría partido en dos. Su dulzura no radicaba en evitar el dolor, sino en atreverse a elegir el más soportable.

Un rugido largo atravesó la noche, parecido al del coche que trajo aquí a mi madre.

El camión pasaba por el cementerio una noche por semana. Al vaciar la basura, el cuerpo del gato perdido en el parto rodó al suelo. El basurero cavó un hueco en la tierra del tamaño de la misericordia, echó el cadáver y lo cubrió con tierra. Mi madre se acercó y abrió la boca, como si fuera a lanzar un gemido largo, pero se quedó en silencio. Pronto aprendería que así las gatas sabemos si un animal está vivo o muerto. Cuando levantó la cabeza, la punta de su hocico estaba manchada de tierra húmeda, mezclada con la carne y los jugos en descomposición. Se quedó así un buen rato, antes de limpiarse con la pata. Llevaba la marca de un hijo, su último beso.

Al día siguiente llegaron las hormigas. Lo que para uno son sobras para otro es alimento.

TRES

LE RADICI CA TIENI, SUD SOUND SYSTEM

XXI

Al volver del cementerio, Cavalli se instala en el regazo de mi madre. Apoya la cabeza en su muslo y ronronea de una forma que me parece excesiva en proporción al tiempo que hemos estado fuera. Mi madre se queda atrapada bajo su peso mínimo, quieta como una figura de cera. La está reteniendo.

Yo me tumbo en la cama sin deshacerla. Miro el techo, con los zapatos puestos, repasando mentalmente lo que ya he probado: interpretar sus acciones, la música, el cuento.

En la mesilla siguen las fotos que rescaté del baúl, junto al diario. Las cojo para ordenarlas y se me ocurre una idea: igual una imagen puede funcionar como anzuelo. Cuando supe de la enfermedad de mi madre, leí que en ciertos tipos de demencia se reviven momentos del pasado como si fueran el presente. Si logro recrear con precisión una de esas escenas quizá pueda convencerla de estar de nuevo allí. Si en la imagen, por ejemplo, aparece tomando té en el jardín, tendría que sacarla fuera, ponerle una taza similar entre las manos, preparar la misma infusión. No haría falta que me reconociera o hablara. Bastaría con que el olor, la sombra de los árboles y la textura del mantel la devolvieran por un instante a ese lugar para engañar a su mente. Y que, en ese instante, algo se abriera. Reviso las fotos buscando una escena feliz, pero mi madre no sale en casi ninguna. Siempre ha tenido un miedo esotérico a las imágenes fijas.

En una foto del día de mi graduación aparezco con la corona de laurel inclinada sobre la frente y el lazo naranja deshecho entre las hojas. Llevo la sonrisa falsa de quien ha apretado la mandíbula demasiado tiempo. Mi vestido es negro para no robarle protagonismo a la corona. Mi madre me agarra de lado, con una mano sobre la espalda y la otra en el brazo, asegurándose de no soltarme. Si la foto seguía en el baúl es porque para ella esa imagen es la prueba de algo, la confirmación de que yo entraba en la vida adulta con los dos pies dentro. Mi padre, como siempre, no aparece.

La única imagen de él entre las que tengo en la mesilla es como si hubiera llegado por error. Está sosteniendo un atún recién pescado, casi de su mismo tamaño. Lo exhibe con las dos manos por la cola, la piel del animal reluce por la humedad. Sonríe con una levedad difícil de entender dado el peso que aguanta. Quiere demostrar que la fuerza en su caso no es un mérito, sino un estado natural. Es la misma seguridad con la que levantaba sacos de harina, troncos para la chimenea o mi cuerpo pequeño en el aire cuando jugábamos en el mar. La foto tiene el grano áspero de las imágenes antiguas nocturnas, pero su expresión no necesita nitidez. El orgullo en su rostro no es grandilocuente ni vanidoso. Es contenido, la clase de orgullo que no busca reconocimiento. En la foto aparece solo con su presa, pero una mano sujetaba la cámara. Mi madre nunca quiso saber nada de la pesca. ¿Quién estaría con él? Al apoyarla en la mesilla, reparo en su ligereza. El recuerdo de la vida de mi padre podría reducirse al peso ínfimo de ese trozo de papel.

¿Dónde estará la foto de su boda? ¿Esa en la que salen cubiertos de arroz en la basílica de Santa Croce?

Se me aparece con nitidez. Domina la imagen la fachada barroca, de una opulencia casi teatral, construida más para impresionar que para consolar. Tallada en pietra leccese, porosa, fácil de moldear y rosada, supura sobre la acera un polvo de fósiles y arena que se pega a la piel al mínimo roce. De niña me gustaba pasar la mano por los muros de los edificios y luego mirar mis dedos cubiertos de ese residuo fino. Era como si la piedra fuese un ente vivo y exhalara un aliento mineral. En las cornisas y los capiteles, una procesión de monstruos esculpidos en piedra abre la boca al cielo. Son criaturas híbridas, a medio camino entre humano y bestia, que esperan a ser colmadas por un soplo divino que nunca llega.

Si mi madre pudiera hablar, me diría que quemó esa foto tras la muerte de mi padre para que su espíritu no pudiera salir de la casa. Que quiso condenarlo a quedarse allí, igual que aquellos monstruos atrapados en la piedra de la iglesia. Que el cielo no era lugar para alguien que la había dejado sola.

La única foto que he encontrado para recrear la escena de mi nuevo plan estaba oculta, pegada detrás de un retrato del nonno con sus once hermanos. Como si alguien hubiera querido olvidarla, pero no del todo.

Somos cuatro, sentados en torno a la mesa: mi padre, mi madre, su amiga Nicoletta y yo. La casa parece un decorado abandonado, detenido en la escena de otra vida. Desde entonces nada ha cambiado: la misma mesa, la misma disposición de los muebles, los mismos libros en las estanterías. Como si la propia foto esperara a unos actores que ya no volverán. Es invierno. En el fondo, se intuye el árbol de Navidad con las luces encendidas. En el centro de la mesa, una fuente de parmesana de calabacín medio vacía, los platos llenos, aún intactos. Brindamos con las copas alzadas y las bocas medio abiertas, congeladas frente a la cuenta atrás de la cámara.

Nicoletta apoya la cabeza sobre el hombro de mi madre, que posa recta y con la sonrisa impostada en el umbral del disparo. En su silla, la mano de mi padre agarra el respaldo con el gesto seguro de quien cree tener la vida bajo control. Todo sigue en su sitio. Todo, menos él.

No sabía que, años después de sacarla, sostendría esa foto en la cama y buscaría en los rostros congelados una respuesta que antes no había necesitado. La imagen de cuatro personas alrededor de una mesa se convierte en un mapa para desandar el camino de una desgracia.

Llamo a Nicoletta. Me invento que el doctor Montinaro nos ha sugerido una nueva técnica llamada «terapia de evocación dirigida» y le describo con detalle la foto. No le confieso que es una ocurrencia mía. Ella escucha en silencio. Cuando termino, dice que sabe perfectamente a cuál me refiero. Le parece una idea estupenda. Nunca cuestionaría la palabra del doctor Montinaro. Para ella hay profesiones que absuelven a quienes las ejercen. Un médico puede estafar, un abogado puede sobornar y un cura puede abusar; el título los protege. Es una cuestión de autoridad. Y la autoridad no se discute. A mí siempre me incomoda que la gente se presente con su oficio por delante. Hay algo peligroso en creer que uno es su trabajo. A gente como Nicoletta eso le tranquiliza. Como falta un hombre para ser fieles a la foto, propone que venga su hijo mayor, Ugo.

A Nicoletta nadie le quitará de la cabeza que yo hice enfermar a mi madre. Lo ha dejado claro durante la llamada, con ese tono de falsa sorpresa que tanto le gusta usar. Mientras habla repito sus frases por lo bajo, imitando su voz con burla. Sin darme cuenta las vierto al español. Salen de mi boca en otro idioma, como si necesitara filtrarlas para hacerlas más soportables: «Con lo bien que estaba la última vez que la vi... No lo entiendo», «No quiero ni pensar lo que debe de estar pasando por su cabeza» o «Qué cosas, ¿eh? Ni siquiera ahora que estás aquí. Con lo que te ha querido».

Quedamos en recrear la cena de la foto al día siguiente. Sé que Nicoletta no lo hace por mí, sino por mi madre. Le debe lealtad porque ella fue de las pocas que no le dio la espalda después del escándalo de su otro hijo, el amor de mi infancia, Tonino.

Al colgar, la imagino con el móvil aún en la mano, llevándose la cruz de oro al pecho como si acabara de realizar una buena acción y quisiera que Dios se lo tuviera en cuenta. No por mí. Por Tonino.

XXII

Nos enteramos de la muerte de Tonino por los telediarios. Nunca se habló explícitamente del tema. En su funeral, a los familiares les dieron el pésame con la gravedad de una muerte súbita o un infarto, aunque no hubo nada fulminante en la decisión de Tonino, más bien un desgaste lento.

A Nicoletta le resultaba más fácil pensar que su hijo estaba enfermo, que era algo que le sobrepasaba y no podía controlar, como un cáncer de hígado o una leucemia. Para ella, yo también padecía una enfermedad parecida. No era exactamente igual, pero sí de la misma cepa. Algo torcido y diabólico que se gesta en la sangre y termina irremediablemente en desgracia. Por eso, Nicoletta no puede evitar mirarme con un asco que a veces canaliza en una risa nerviosa y una simpatía que disfraza su desprecio.

Hace años, cuando Tonino decidió irse a Milán a estudiar la carrera, Nicoletta fue a mi casa a tomar café. Entre sorbo y sorbo, soltó un suspiro y exclamó al aire: «Oh, Signore mio, sti figli! Una li cresce con tanto sacrificio e poi ti girano le spalle e se ne vanno». Luego me agarró el brazo, se inclinó hasta mi oído como si estuviera a punto de contarme un secreto y murmuró: «A volte, l'amore di una madre non basta».

Fue la primera vez que la vi de cerca. Nunca olvidaré esos ojos. Tenía la parte blanca salpicada de venas rotas y una mirada a punto de estallar. Más tarde entendería que la depresión es más sutil que la tristeza: no ensombrece la mirada, la ahueca. Lo que atormentaba a Nicoletta era lo mismo que la mantenía en pie: la sensación de haber parido para el diablo y la búsqueda de su propia redención.

Nos mete a todos en el mismo saco. El de los hijos que hacen enfermar a una madre hasta matarla.

Nicoletta cree que yo también soy culpable de la muerte de su hijo, como si mi amor infantil por él, revelado en aquel beso furtivo en el espejito del coche, le hubiera contaminado la sangre. Quizá por eso, años después de su muerte, sin mirarme, me dijo:

–Meglio morire appesa a un albero che avere un figlio omosessuale.

Ella no recordaría habérmelo dicho, yo sí.

La elección de «omosessuale» en lugar de un insulto como «ricchione» o «frocio» destilaba aún más desprecio. El odio siempre deja un rastro de amor, sus ascuas. El uso de esa palabra, sin embargo, lo acercaba al diagnóstico. Algo clínico que, una vez que entra en una casa, solo lleva vergüenza o ruina.

Cuando las compañeras de piso encontraron el cuerpo de Tonino sin vida en la cama parecía dormido. La noche anterior se había comprado un pijama de seda azul y había ingerido una dosis letal de medicamentos. Apenas quedaban rastros de lucha. La espuma blanca en la comisura de los labios se había extendido a la funda de la almohada, dejando un charco oscuro. Era lo único que delataba que la muerte se había colado en su boca. Se fue en silencio como un animal pequeño que se oculta para morir.

En la lápida de mármol grabaron una cita de san Agustín: «Non si perdono mai coloro che amiamo, perchè possiamo amarli in Colui che non si può perdere». Una forma piadosa de decir que para ellos Tonino seguía perdido. Que el amor de su familia no había sido suficiente para salvarlo ni en la vida ni en la muerte.

Después de muchos años, leí en España estos versos de Joan Margarit:

No recuerdo haber deseado nunca
la soledad con tanta urgencia.
Son señales. El animal las reconoce y hace caso de ellas.
Cuesta mucho encontrar un zorro muerto.
O un jabalí muerto. Antes se esconden.

Al hacer las maletas para ir a Italia copié los versos y guardé el papel en un sobre. Pensaba dejarlos en su tumba. Sentía que llevaba conmigo una carta de amor. Nunca la entregué.

No llegaron a denunciar a Ugo, el hermano mayor, cuando intentó matarlo. Era Nochebuena. Ugo cogió un cuchillo de punta redonda, como el que se les da a los niños para que no se hagan daño. Esa noche, cualquier cosa que hiciera Tonino le parecía insoportable. La lentitud con la que masticaba, la forma pulcra en la que separaba las espinas del pescado, los toques suaves de la servilleta con la que se limpiaba la grasa de los labios. También le molestaba la ligereza con la que negaba con la cabeza cuando algún familiar insistía en que con lo guapo que era ya debería haberse echado novia.

Después de colocar al Niño Jesús en el pesebre cogió el cuchillo con el que habían rellenado de crema de cacao el pandoro y se lo hundió en la espalda tres veces. Tonino cayó al suelo. Nunca quiso sobrevivir a aquella noche.

El día después de su muerte, el periódico especificaba: «Aveva già tentato di togliersi la vita altre volte». Me pregunto de dónde sacaron esa información.

Nicoletta lloraba para perdonar a sus hijos. A ambos. Lo hacía mientras meaba, con la braga enrollada en los muslos y los ojos enrojecidos. Se vaciaba a oscuras, dejando que los líquidos abandonaran su cuerpo por el sexo y los ojos a la vez. Un día, antes de tirar de la cadena, vio su rostro deformado en el charco amarillo de la porcelana y se dio asco. Si se hubiera mirado con honestidad, habría visto algo peor que una mujer fea: la imagen de una madre que sobrevive a su hijo.

XXIII

El diario sigue en la mesilla, debajo de las fotos. Tras hablar con Nicoletta, paso la tarde pensando en Tonino y en los amores de mi adolescencia. Lo abro.

EL DIARIO

2 de enero

Hoy es el gran día. Por fin lo tengo. Primero lo escribí alternando números:

Fall3n_Ang3l

fa11en_ange1

F4llen_Ang3l,

luego los combiné con la arroba:

F@llen_Angel

f4llen_@ngel,

pero no me gustaba cómo quedaba en pantalla. Intenté con guiones altos y bajos:

fallen-angel

fallen_angel,

pero seguía sin ser perfecto. No quería usar fechas para poder mentir con la edad. Al final elegí solo: *fallenangel*. Limpio. Ordenado. Sin separar las dos palabras suena a «falena». Siempre me han gustado las polillas. Son como una mariposa cursi, misteriosa y nocturna. Cuando veo mi nombre allí, entre tantos otros, siento que no soy yo y que detrás de esas letras alguien podría quererme.

18 de enero

Llevo unos cuantos días en el chat y me había olvidado del diario. La verdad es que paso casi todo el rato esperando, pero no me aburro, fantaseo. Suelo conectarme con la habitación a oscuras para que mis padres crean que duermo. Me encanta sentir que hago algo malo, como los chicos del instituto que fuman en los baños, van en moto sin casco o se saltan las clases.

Tengo un secreto, una doble identidad. Soy un superhéroe que por la mañana es un cualquiera y por la noche se transforma en un ser poderoso. Me convenzo de que lo que hace especial a estos personajes es realizar grandes hazañas a cambio de estar solos. Que la soledad es el precio de la diferencia. Aunque nunca he querido ser ningún héroe masculino. No me dan miedo ni me provocan rechazo, tampoco me fascinan. Son duros, secos, sin dulzura.

Mejor Sailor Venus, con su melena rubia larguísima hasta el culo y su arma, la cadena de amor con corazones en llamas. Es hermoso atacar con amor. En internet soy ella y la soledad se hace dulce. Cuando apago la pantalla y vuelvo a mi cuerpo, ella sigue dentro de mí. ¿Qué significa eso?

25 de enero

Mi teoría sobre los superhéroes se está haciendo realidad. Veo señales en cada esquina, el universo me dice que tengo una misión. Hoy en clase de Historia del Arte tocaba Bernini. Cuando la Leone nos habló del *Estasi di santa Teresa* supe que no era una coincidencia. En el chat la pasión me atraviesa con una violencia casi religiosa, tanto que me sobra el cuerpo. Por las noches, me visita un misterio que me vuelve inaccesible. Soy sujeto y objeto de fe, igual que la escultura de mármol. Una manzana más en la cesta. Me convierto en fruto para que alguien me coma.

Hace un rato encendí la webcam. No para usarla, solo para ver qué imagen me devolvía. La luz de la pantalla dibujó un halo que me cruzaba el rostro y descendía hasta la nuca, parecido al resplandor de bronce que cae sobre santa Teresa. *fallenangel*. Soy un ángel caído, igual que mi apodo, una figura sagrada como las que mi madre guarda bajo campanas de cristal en la entrada del salón y en cada dormitorio. Mi nombre me protege.

26 de enero

No entiendo qué pasa. Llevo muchos días en línea y las conversaciones son las mismas. Me siguen sudando las manos cada vez que se abre un chat y un nombre parpadea después de un pitido. Al principio me escribían «a o p» y yo no lo entendía, no sabía si se habían equivocado al teclear. Contestaba algo tipo: «Io bene e tu?». Entonces me bloqueaban. Luego aprendí lo de «a o p?», «att o pas?», «attivo o passivo». «Sei maschile?», «maschile?», «masc?». Yo respondía: «Normale :-)». Bloqueo. ¿Qué hago mal? Lo intento absolutamente todo, pero nada. Me siento como una beata o un mártir. Mi hoguera es el silencio. Preferiría un dolor más físico, algo que pudiera notar para justificar el asco que empiezo a darme.

12 de febrero

Voy a cambiar de estrategia. Ya sé lo que quieren. «Certo», respondo, forzando las palabras hasta que dejan de sonar mías. Antes de teclear, repito cada palabra y cada frase en voz baja, por si hay algo que pulir para resultar más creíble. Soy como un ventrílocuo. Me imagino con el puño dentro de un muñeco con mi cara, abriéndole y cerrándole la boca. Cada noche practico en el espejo cómo hablar, los chistes, las anécdotas, las frases en dialecto para generar complicidad, cómo escribir para que mi estilo no revele lo que no debería. Las palabras se deslizan por los dedos como aceite, suaves. El chat se ha convertido en el centro de mi mundo. Me siento frente la pantalla con los ojos clavados en ella, esperando el próximo mensaje, mi siguiente turno de palabra para convencerlos de que soy lo que están buscando.

13 de marzo

Hoy en el instituto no he podido dejar de pensar en él. *IronHorse*. Es raro, ni siquiera sé cómo es su cara, pero yo ya le he mandado dos fotos mías. En una estoy en un pub del centro con amigas, agarrando una copa con un cóctel verdoso. Sonrío, pero no demasiado. En los chats a menudo me felicitan porque dicen que en la foto dejo claro que salgo con tías y no me va «l'ambiente», que parezco «un ragazzo normale». En la otra, estoy de pie delante del espejo del baño. Tengo el pelo mojado, recién salido de la ducha. El flash del móvil me tapa parte de la cara, me da un aire misterioso y pone el foco en el cuerpo. Mi expresión trasluce una rigidez impostada, una tensión que ellos interpretan como masculinidad, aunque nunca suficiente. A *IronHorse* parece que le gusta, no me bloquea ni me deja en visto. Seguimos hablando.

1'75, 74 kg. 38 años. A 12km de mí. Son los únicos datos que tengo. No me manda fotos porque está casado y le da miedo que lo pillen, pero me lo imagino calvo, con las cejas negras como una noche sin luna, descuidadas, con algún pelo largo que sobresale por los laterales, ojos como aceitunas. Sé que le pone que siga siendo virgen y que sea menor. Desde el primer momento ha sabido seducirme. Mezcla guarradas sobre su polla o mi culo con frases tiernas. Me dice que quiere follarme y luego me llama «piccola mia» o me pregunta por mi helado favorito. Me cuida y me pervierte.

16 de marzo

Cada vez que oigo un pitido en el chat busco su apodo: *masc4masc*, *discreto_romano*, *uomo_marito*, *SalentoVirile*. *IronHorse*. Las conversaciones con los otros hombres ya me han empezado a aburrir. Ahora soy yo el que no contesta.

Hoy se me ha ocurrido preguntarle por su apodo. Me ha confesado que es un caballo purasangre, un hombre 100%, ADN salentino, nacido y criado en Novoli, un semental en busca de su potro.

18 de marzo

Estoy aprovechando que en clase de Lengua toca revisión y coloco el cuaderno sobre el libro de texto para que la profesora me vea escribiendo. Cada vez que se da la vuelta, saco el móvil para darle un toque. Necesito que *IronHorse* sepa que estoy ahí, que pienso en él. No quiero que se olvide de mí. Seguro que le pone saber que estoy haciendo algo prohibido. Me diría que soy un *bad boy*, que merezco que me pegue en el culo.

20 de marzo

Esta mañana voy a empezar a calcular los minutos entre mi mensaje y su respuesta, actualizar la media periódicamente en la libreta en la que también apunto nuestras conversaciones, con fecha y hora. Quiero regalársela en nuestro primer aniversario. Ayer fueron dos minutos y treinta segundos. Una eternidad en la que me imaginé qué estaría haciendo o con quién estaría hablando.

Son las 13.45 y acabo de volver del instituto. Me he metido en el chat, pero no está en línea. Me lo imagino saliendo de la oficina, un edificio de cristal y acero en la calle comercial de la ciudad, con un maletín de cuero negro yendo hacia su coche para volver al pueblo. Un BMW, tal vez, algo elegante, que combine con su traje. Pienso en su mujer, en cómo debe de ser, si le gustan las películas de terror como a mí, si al asustarse o al reírse se le ven las encías, igual que a un animal. Me imagino que le escupo para humillarla porque no entiende lo que tiene en casa. Luego me convenzo de que podría ser mi amiga, una especie de hermana mayor. Me daría consejos para chupársela sin que se corra, apretarla justo cuando empieza a temblar, mantenérsela dura sin que se le escape el deseo y quiera un poco más.

Imagino conocer a sus dos hijos, jugar con ellos a la Play mientras él me observa cachondo, disimulando una erección.

24 de marzo

Durante el recreo tenía un nudo en el estómago y no he podido comer nada. Me obsesiona nuestra próxima conversación, ser perfecto para él y escoger bien las palabras. En clase no logro concentrarme, lo imagino en su despacho, hablando con otros hombres por el chat, alguien más masculino, que no tenga que fingir. En la hora de Religión la imagen se ha vuelto tan vívida y real que me costaba respirar. He sacado el compás disimuladamente y he empezado a pincharme la pierna a escondidas hasta ver descender un hilo de sangre. Lo he recogido con el dedo y me lo he metido en la boca. Sabía a hierro, como su apodo, y me ha aliviado.

25 de marzo

Nunca he oído hablar a *IronHorse*, pero llevo toda la noche con sus palabras resonando en mi mente. Cierro los ojos y contesto a sus preguntas, tanto las del chat como otras nuevas que invento y me pillan desprevenido. Y me excito.

Su voz es grave como la de Alberto Lupo en «Parole parole», de Mina, pero con el acento áspero de Lecce, doblando las consonantes donde no se debería. Un deje que le da un peso más fuerte a las palabras, más viril. Ahora mismo me susurra: «Tu sei il mio sogno proibbito».

Yo le contesto que me llame «tormento», sottovoce.

31 de marzo

Estoy empezando a perder la noción de lo que hago: las clases, las conversaciones, todo se desvanece. Actúo por inercia con la sensación de que alguien me maneja. No pienso, solo muevo mi cuerpo.

Hoy en clase de Lengua y Literatura hemos estudiado a Sartre y la influencia que tuvo *La náusea* en autores italianos como Moravia o Pavese. Al escuchar hablar a la profesora Esposito sobre el hastío, esa sensación de estar atrapado en una existencia que no tiene sentido, he salido de mi ensimismamiento. Sartre no pudo describirlo mejor. He subrayado algo que parecía escrito para mí:

> Cuando uno vive, no sucede nada. Los decorados cambian, la gente entra y sale, ¿o es todo? Nunca hay comienzos. Los días se añaden a los días sin ton ni son, en una suma interminable y monótona.

El único que me saca de mi malestar es *IronHorse*. Cuando pienso o hablo con él me siento vivo. Como los cafés en los que Sartre encontraba refugio, es mi única válvula de escape, el único lugar donde las garras de la angustia no me alcanzan. Ojalá algún día sienta las suyas en mi cuerpo. ¿Por qué no quiere quedar?

1 de abril

No quiero masturbarme antes de chatear con él. Pierdo la atención, no me gusta. Si lo hago después, disfruto más de las guarradas que me dice, me las escupe en la cara.

2 de abril

Está empezando a abrirse. Sus mensajes son más íntimos, más míos. Siento que empieza a necesitarme. Esta noche me ha confesado que odia el tráfico. Lo mencionó como de pasada, pero en mi mente se convirtió en una escena completa. Lo imaginé golpeando el volante, frustrado, sus manos grandes, del tamaño de mi cuello, rodeándolo, exprimiéndolo como se exprime un limón sobre un trozo de pescado.

3 de abril

Me ha contado que va a renovar el abono anual para ver al Lecce, que si sigue así, subirá a primera división. Ayer le ganaron al Cesena 3 a 0.

Empecé a seguir el fútbol porque me dijo que le gustaba. Yo antes lo odiaba. He aprendido nombres, estadísticas, equipos. Incluso me he metido en las ligas de fútbol fantasy de mi instituto. Todo para impresionarle.

10 de abril

¡Ha acabado mi primer torneo de la liga de fútbol fantasy y he ganado más de 300 euros! Con ese dinero me compraré una camiseta del Lecce y la llevaré en nuestra primera cita, a juego con calcetines blancos altos y una gorra.

Con lo que me sobre, pediré una peluca online. Rubia, larga, como la de Sailor Venus. La esconderé en el fondo del armario.

11 de abril

Estoy empezando a leer artículos sobre Lecce para saberlo todo sobre nuestra ciudad (¡nuestra!). Hace dos noches me dijo que defiende la independencia de Lecce y del Salento como región separada de Apulia y no una simple comarca. Me mandó un mensaje eufórico, en dialecto, citando un rap de Sud Sound System. Podemos ser ciudadanos del mundo, dijo, pero en nuestras venas corre sangre mesapia, griega y bizantina. Quien se arranca las raíces, añadió, se vuelve dócil y sumiso. «Nnu te scerrare delle radici ca tieni, fallenangel. Simu SALENTINI!!!», escribió, con mayúsculas. Me ponía imaginarlo gritándome al oído. Él era un perro marcando su territorio y yo una grieta en la tierra, una boca abierta esperando ser llenada.

Aprovechamos para hablar de música. Le dije que mi cantante favorita era Mia Martini y me contestó que tenía gustos de viejo, pero enseguida añadió:

IronHorse: Tu, tu che sei diverso…
fallenangel: … almeno tu nell'universo.

Nos reímos. Me pareció romántico que me dedicara el primer verso del estribillo. Lo imaginé susurrándome la letra en una playa desierta de Gallipoli, a la luz de la luna. Casi pude sentir su aliento acercándose a mi boca.

Le conté la historia de Mia Martini. Que fue una gran cantante, pero que su vida se volvió un infierno cuando empezó a circular el rumor de que traía mala suerte, después de que un músico de su banda muriera en un accidente. Todo comenzó como una broma, pero pronto dejaron de contratarla. Nadie quería tocar con ella ni verla sobre un escenario. La aislaron y acabó retirándose. En 1995 la encontraron muerta en su cama, con un walkman entre las manos y los auriculares puestos. Dijeron que había sido un infarto. Yo siempre he pensado que se quitó la vida.

Se lo escribí todo de golpe, sin pensarlo demasiado. No sé por qué. Tal vez hay historias que, aunque no sean la nuestra, empiezan a parecerse demasiado.

IronHorse: Non lo sapevo.
fallenangel: Beh, adesso lo sai.

Silencio. ¿He contestado demasiado seco? Su biografía me conmueve porque la relaciono con lo que los chicos del instituto dicen de mí. Que por ser como soy traigo mala suerte.

Igual que Mia Martini, he mostrado algo que quizá haga que él también quiera alejarse de mí.

fallenangel: Devo spegnere. Mi sta chiamando mia madre.

22 de abril

¡¡¡QUIERE QUEDAR!!! Lo malo es que antes necesita escuchar mi voz. Nervios. No estaba preparado para esto. Estoy agobiado, me va a llamar mañana a la hora del recreo. Pasaré la noche preparando múltiples escenarios para tener respuestas firmes. Y ensayaré la voz para que suene grave y segura. Dejo de escribir, no paro de temblar.

23 de abril

Necesito escribir lo que ha pasado.

Esta mañana lo llamé desde el vestuario del gimnasio. Conté cada segundo hasta que respondió. Intenté hablar con cuidado, pero las palabras se me atragantaban. Patético.

Su voz me cortó en seco. Sonó más aguda de lo que había imaginado, fría, distante. No soy capaz de repetir lo que me dijo. Colgó. Me quedé un buen rato con el teléfono en la mano. El tono de la línea muerta me martillaba los oídos. Intenté devolverle la llamada. Una vez. Luego otra. A la tercera, cortó tras el primer tono.

La tensión me arrastró al suelo. Me costaba coger aire. Sentía que le había fallado. Busqué un castigo inmediato, algo que me redimiera. Me metí dos dedos en la boca, como aquella vez en la iglesia después de mi primera comunión. No salía nada. Entonces apoyé la frente contra el váter. Olía a una mezcla de lejía y orina estancada. Sin pensarlo, cerré los ojos y pasé la lengua por la porcelana salpicada. Un sabor amargo me invadió la boca. Esa mezcla de asco y alivio me devolvió la respiración.

Esta noche volveré al chat. Tengo que pedirle perdón.

24 de abril

IronHorse ya no aparece en el chat. Entro, pero ya no está. No está. Pego el mismo mensaje a cada uno de los nombres en la sala: «Sei IronHorse?». Nadie responde. Tal vez ha cambiado de apodo o quiere darme una sorpresa. Debe de haber elegido algo más dulce, que combine con *FallenAngel. SilverKnight* o *GoldenStallion*, un nombre noble, fuerte, perfecto para nosotros.

Cuando hablo con otros en el chat finjo que son él. No importa lo que digan, yo escucho la voz de *IronHorse* en cada palabra.

27 de abril

Hoy tampoco he podido comer. Cada vez tengo más claro que el deseo va acompañado de un dolor presente y otro futuro.

28 de mayo

Ha pasado más de un mes desde que dejé de hablar con *IronHorse*. He empezado a verme con otros. Aprendí que es mejor hablar poco y quedar rápido. Conseguí ropa de deporte y me hice fotos nuevas. Me armé mi propio uniforme: un chándal Adidas rojo y otro negro, una gorra a juego con la camiseta del Lecce y calcetines blancos largos por debajo de la rodilla.

Quedamos de noche, en coches aparcados en la plaza vacía del mercado. Sé estar callado y moverme como uno de ellos. Ensayo frente al espejo cada palabra, cada gesto. Miento, finjo, abro las piernas, me estiro en el asiento para parecer más grande, más seguro. Me esfuerzo por convertirme en lo que *IronHorse* quería que fuera.

En el sexo soy dominante para que crean que soy viril. Golpeo, agarro, escupo, araño, no dejo que me toquen. Mantengo la distancia porque si malinterpreto algún gesto como ternura puedo venirme abajo.

Dicen que soy salvaje, un caballo salvaje. Me mojo el pulgar y se lo llevo a la boca. Primero con lentitud, después lo empujo con fuerza hasta clavárselo en el paladar. Es un anzuelo. Entonces se callan. Obedecen.

Me piden que vaya despacio. Yo no les hago caso y empujo más fuerte. Les arranco la ropa como si fuera piel. Me he convencido de que por fin ocupo el lugar que merezco en el mundo.

Lo escribo aquí porque es la única forma de no olvidarlo, de no volver a ser la escoria que los chicos no querían.

Quiero seguir cabalgando a los hombres hasta encontrar lo que queda de mí.

30 de mayo

Acabo de volver de una cita. Me he corrido oyendo el maullido de una gata en celo. Hemos gritado al unísono, éramos el mismo animal. Me he limpiado con papel de cocina y he cerrado la puerta del coche sin mirar atrás. De camino me he sentado en un bordillo con la cabeza entre las manos, casi pegada al asfalto. No he llegado a llorar, pero he sentido las lágrimas estancadas en el pecho. He seguido caminando agotado y con el sexo en llamas.

Tengo lo que me merezco. El deseo para mí solo puede ser rápido, sucio, doloroso. Nada más.

Si estoy así es mi culpa. Soy yo la que está rota.

8 de junio

Anoche pasó algo raro. Un chico me escribió en el chat y me preguntó sin tapujos si usaba bragas y si llevaba peluca. Parecía un corta-pega, un mensaje guardado que copiaba en cada chat hasta que alguien le respondía.

Al principio no le hice caso, pero al rato le confesé que sí, que tenía una peluca rubia, melena larga, pero nada de ropa interior femenina. Me contestó que no importaba. Que me la pusiera, pero que no llevara ropa interior si era masculina. Quería ponerse a cuatro patas y que se la metiera, con la peluca puesta. También dijo que en la calle me podía esconder el pelo bajo una gorra, pero quería que llegara con ella puesta.

Fui al armario y metí la mano hasta el fondo. La cogí y la sostuve un instante, inmóvil, como había visto hacer a mi padre cuando pescaba un pez, sin saber si me atrevería a ponérmela.

Llegué al coche. El hombre sacó de la guantera un pintalabios rojo, un frasco de perfume con olor a vainilla y unos guantes largos de terciopelo negro, hasta el codo, con uñas postizas rojas en los dedos. Me lo enseñó sin decir nada. Me arreglé en silencio. Después, me quitó los pantalones sin preguntarme el nombre. Se puso a cuatro patas en el asiento trasero. De la cita de anoche solo recuerdo su espalda.

Al volver a casa me hice unas fotos nuevas con la peluca puesta. Seguramente las borre.

10 de junio

El otro día en el coche no pasé miedo. Solo vergüenza. Cada palabra escrita lo hace más real.

Me sentí menos rara de lo que imaginaba. Esperaba estar incómodo, torpe, como si lo que llevaba puesto no fuese parte de mí. Pero no. Cuando me quité la camiseta, me gustó la sensación del pelo sobre mi espalda desnuda. Cómo parecía nacer de mi piel.

Siempre escuché que lo falso debía esconderse y que lo postizo era feo, pero esa peluca ha despertado algo que llevaba dormido desde que era niño, cuando jugaba a ser una gata. La posibilidad de no ser una sola cosa, ni hombre ni mujer, de entrar y salir de mí sin quedarme fija.

Al caminar sentí que cambiaba el lenguaje de mi cuerpo. Movimientos nuevos parecían naturales y los sentí míos desde el primer instante, como cuando me llevé un mechón tras la oreja. No los pensé. Salieron solos. Parecían gestos que llevaban guardados toda la vida. También empecé a hablarme en masculino y en femenino, como si convivieran en mí más voces, más cuerpos. Todos en tránsito.

Al volver a casa la calle estaba oscura. Miré a los lados. No había nadie. Me quité la gorra y me solté la melena. El aire de la noche la agitó alrededor de mi rostro hasta que unos pelos se pegaron a mi cara sudada. Los aparté con la boca y con los dedos, sin éxito, así que acabé escupiéndolos. Desde fuera debió de parecer una escena cómica, que rozaba lo patético, pero yo nunca me había sentido tan libre.

13 de junio

La peluca está incluso cuando no la llevo. No me hace falta. Algún día dejaré de cortarme el pelo.

15 de junio

Anoche soñé que me duchaba y el pelo se me caía a mechones, pero debajo crecía otro, más largo y brillante. Me quedé quieta. Era bonito y daba asco a la vez.

28 de julio

Hace tiempo que no escribo. Intenté dejar de pensar en *IronHorse* y mantener la cabeza ocupada. Me he apuntado a un taller de teatro experimental. Si aprendo a meterme en otros cuerpos, en otras voces, podré olvidarme del mío.

Un escenario es el lugar donde puedo ser yo misma porque todos asumen que estoy fingiendo.

29 de julio

Ya no escribo tanto en el diario, pero sí otras cosas: poesía, aforismos, monólogos, guiones. En el grupo de teatro estamos terminando de montar una pieza sobre la pérdida para la muestra de finales de verano. La presentaremos en el teatro Koreja.

El profesor nos ha pedido que escribamos un texto no teatral inspirado en la persona que más queramos.

Mis compañeros redactaron cartas y poemas. La mayoría hablaba de sus madres, sus abuelas, sus parejas, algún amigo. Yo escribí la letra de una canción sobre las perras de mis vecinos. Es lo que más deseaba ser, además de Sailor Venus.

La paso a limpio aquí.

Verso 1

Deseo ardientemente ser perro
mi cintura te muerde
invoco a la lluvia me trago tu sueño
luna llena en mi prado verde
deseo dejarte mi cuello
la violencia es cobarde
provoco el tacto
dejando mi cuerpo
mi deseo en tu boca nos arde
luna llena en mi costado
quieres tomar la forma
no puedes
buscas mi plato

beber en mi fuente
quiero brillar sin miedo a la muerte
deseo ser perro, un perro caliente
chupar la vida hasta dejarla reluciente
boca arriba sentirme fuerte
tócame, híncame el diente

Estribillo

Baby, if we are gonna die young
put your hands on my body, my body

Verso 2

Podrías hacerlo si quisieras
boca arriba la calle se ve más bella
un bocado de sangre ajena
a cuatro patas mi puerta espera
apuesto todo me abro la brecha
cierro los ojos a tumba abierta
dejo mi cuello tiento a la suerte
boca arriba ignoro el fuego
lucha perdida cuerpo a cuerpo
prefiero el peligro que vivir muerto
explótame de dentro a fuera
mancharé de rojo todas las banderas
dame bien, cumple mi deseo
me dejo si quiero y si quiero muerdo
dame bien, cumple mi deseo
podrías partírmelos, me la juego

Estribillo

Baby, if we are gonna die young
put your hands on my body, my body

1 de agosto

No le ha parecido mal, me falta ponerle música. Se lo voy a pedir a Elena, que ha compuesto varias canciones de electrónica.

Por cierto, ayer, después de escuchar mi letra, el profesor trajo un libro de Mary Oliver y me pidió que leyera un poema.

Me dijo que memorizara un verso para recitarlo en la muestra final: «Solo tienes que dejar que el animal suave de tu cuerpo / ame lo que ama».

Repetí el verso en voz baja, como si alguien estuviera dictándomelo desde dentro, con una voz más mía que la mía.

4 de agosto

Hoy me he atrevido a llevar la peluca al teatro. Así tengo una excusa si mi madre la encuentra.

Me la he puesto para crear un personaje en una de las improvisaciones. No lo he pensado demasiado. Han aplaudido mucho. El profesor ha dicho que ha sido mi mejor interpretación, que el personaje me sale natural y le gusta no saber si es chico o chica. Los compañeros estaban de acuerdo.

No les he contado la verdad.

CUATRO

TU SCENDI DALLE STELLE, LUCIANO PAVAROTTI

XXIV

Falta la última página del diario. No he podido pegar ojo. Pasé la noche en vela con la certeza de que mi madre llegó a leerlo. De que arrancó la hoja en la que me doy un nombre. Como cada mañana, pongo la moka en el fuego, lleno un vaso de leche de cabra y coloco dos galletas con mermelada de uva en un plato. Algo en lo más profundo de mí está buscando un castigo. Sin embargo, me acerco a la mesa, me inclino hacia ella y digo:

–Buongiorno, mamma. Oggi è una bellissima giornata. Hai dormito bene?

Lidio con la rabia igual que haría ella, sonriendo y fingiendo que no ha pasado nada.

Encontrar el diario mutilado de mi adolescencia ha sido como tener en las manos la prueba de un delito. Pero no sé quién debe entregarse, si ella o yo.

Podría llamar a Nicoletta y cancelar la cena. Con mi madre así es muy fácil poner una excusa: podría decirle que le ha subido la fiebre y que está más confundida de lo habitual. Este pensamiento me ronda durante todo el día.

Sudar para otro es un acto de amor genuino. Se suda en una mudanza, cargando cajas ajenas. En el sexo, mojando el cuerpo de uno con el sudor del otro. En la cocina, estirando una masa o acercando la cabeza a un horno. En la fiebre, velando a un enfermo. Nicoletta suda en el umbral de mi casa. Lleva un jersey de lana pegado a la piel. Hace más de treinta grados fuera, pero ahí está, embutida en la réplica exacta de sí misma en la foto. Detrás, aparece Ugo con la misma indiferencia con la que ha ignorado sus súplicas para ponerse algo más invernal acorde con la escena que tienen que recrear. Ha aceptado venir y hacer el paripé, pero puso unos límites. Viste una camiseta blanca sin mangas, bermudas arrugadas y unas chanclas roídas que arrastra. Nicoletta se seca la frente con la palma de la mano antes de mirarme.

Sudar también es una forma de humillación. Nicoletta no dice nada. Espera que se lo agradezca. No lo hago.

Cuando cruzan la puerta sé que van a hacer lo posible por impedir lo que tengo planeado. Lo harán con sutileza y tono liviano, fieles a esa costumbre de la pequeña burguesía de no decir lo que piensa realmente.

Nicoletta avanza por el pasillo en busca de algo donde anidar los ojos. Se detiene en Cavalli, agazapada en una esquina con la cola hinchada y el lomo arqueado en señal de alerta. Se lleva la mano al pecho y me suplica que la encierre, «per l'amor di Dio». No hay miedo en su voz. Pura pantomima.

Me recuerda, como siempre, el trauma del perro que la mordió cuando tenía ocho años. Un chucho que solía estar atado en un rincón del patio y que un día se soltó. Dice que los animales son malos. Que los gatos son criaturas satánicas y, si no tienen comida, se devoran entre ellos. Que una vez le contaron que en la casa abandonada enfrente de la suya una camada entera de gatitos se comió a su madre muerta hasta dejar solo los huesos. «Che razza di creatura può essere così spregevole da fare del male alla propria madre?». Lo dice sin mirarme a los ojos.

No se pregunta si aquel perro llevaba horas al sol sin agua, si lo habían golpeado con un palo, si había aprendido que para que no lo atacasen había que atacar primero. No le contesto. Sigo abstraída pensando en el diario. Se me cruzan imágenes de agujeros: un colmillo perforando la piel tierna de una niña, la orina caliente de un perro asustado traspasando el transportín y calando unos vaqueros, el filo redondo de un cuchillo abriéndose paso en la carne de una espalda humana. Nicoletta espera una respuesta o una reacción, pero he dejado de escucharla.

Sigue dándome detalles de su anécdota mientras divago. En mi mente hay un gatito tirando de la carne del vientre abierto de su madre. Nicoletta a cuatro patas en el pasillo de una iglesia. La lengua fuera, jadeando como un perro, a la espera del cuerpo de Cristo. Un crujido seco. Un estruendo. Un avión que se estrella y se parte en dos. De él salen cuerpos a chorros, todos con su cara. Nicoletta serrando la nalga de una pasajera y metiéndosela en la boca. Nicoletta envolviendo en una bola de nieve los sesos de otra y tragándoselos de un bocado. Nicoletta arrancando tiras de piel congelada con los dientes. Quiero decirle que amaría a cualquier animal por encima de ella:

–Già. È terribile.

Cavalli se hace un ovillo debajo de un mueble, donde nadie la pueda alcanzar. Alargo el brazo para sacarla, pero me enseña los dientes. Le aseguro a Nicoletta que no se moverá de ahí, que está alterada porque sigue en celo.

El escenario ya está montado. Mi madre sigue sentada. No se ha acercado para ver quién llamaba a la puerta ni se ha movido para recibirnos. En la mesa, al ver a los invitados y la decoración navideña, comienza a cantar un villancico:

–Tu scendi dalle stelle, o Re del cielo, e vieni in una grotta al freddo e al gelo.

Coloco la parmesana de calabacín sobre la mesa y Ugo dice que ha pedido pizza. «Per Ugo la verdura è come se fosse veleno». Nicoletta lo excusa mientras se sirve una copa de vino.

Cuando llega el repartidor Cavalli se cuela entre mis piernas y sale a la calle. La veo correr entre los coches aparcados. Cierro la puerta con un gesto seco. Si mi madre ha extirpado mi amor, entonces debe saber lo que es quedarse sin el de la gata.

La noche se vuelve interminable. Nicoletta desentierra las conversaciones de aquella cena. Tiene un papelito con una lista de temas que recuerda de ese encuentro lejano en el tiempo y que no quiere dejar de traer a la mesa. Se queja de que ya no hacen manteles como ese, que ahora se destiñen al tercer lavado. Critica a Virginia, que enviudó aquel invierno y en menos de un año ya paseaba de la mano con un hombre más joven. Se ríe al recordar al hijo del farmacéutico, que con el tiempo resultó no ser suyo. Mi madre solo tararea fragmentos inconexos de «Tu scendi dalle stelle» con cierta ternura. Mientras Nicoletta desmenuza la vida de los demás, pienso que el verdadero patrimonio pequeñoburgués no es el dinero, sino el escándalo del otro.

Cuando se queda sin conversación, tararea la canción con mi madre, arrastrando una voz aguda y desagradable. Llega un punto en que no sé si intenta ayudarla o se está riendo de ella, si Nicoletta piensa que merezco ver a mi madre así.

El experimento es un fracaso. Mi madre no sale de ese par de estrofas del villancico. Antes de irse, Nicoletta sigue alabando la idea del doctor Montinaro. «Eh, ci vuole tempo per queste cose», y me recomienda que insista, que sea más amable, que le muestre la foto cada día y le cante.

Asiento, pero sé que no le voy a hacer caso. Me convenzo de que, si aún puedo salvar a mi madre, hace falta algo más crudo y radical.

XXV

Mi madre ha pasado la noche sin la gata. Tiene que haberse dado cuenta. ¿Por qué no hace nada? ¿Por qué no la busca? Se limita a salir al jardín, mirar la calle vacía por encima del naranjo, por la barandilla donde cruzan otros gatos. Luego cierra la puerta principal. Como si Cavalli nunca hubiera existido o no hubiera dormido sobre su pecho durante tanto tiempo.

Yo sí la busco. Me meto bajo la cama, dentro de los armarios, en el trastero. Pego la cara a la ventana hasta que el cristal se cubre de vaho. Miro entre los coches, a lo largo de los muros del patio, en los tejados. Me fijo en las sombras, a la espera de que una silueta negra se despegue de cualquiera de ellas.

Un dolor punzante me taladra la frente, el corazón me sube a la cabeza. Tengo la piel caliente, los brazos pegajosos. Ya no sudo por amor, como anoche, cuando me puse un jersey de lana para recrear la foto de la cena. Mi cuerpo quiere desaparecer, volverse agua y derramarse entero sobre las sábanas.

Hundo la cabeza debajo de la almohada para desaparecer, como hacía de niña. Y desaparezco.

Me he pasado con la gata. He sido cruel. Soy igual que ella. La indiferencia de mi madre me devuelve mi reflejo como un espejo. La culpa se hace carne. Es tan concreta que puedo localizarla, señalarla con un dedo y decir «aquí». Es un bulto que se aloja bombeando en la base de mi cráneo.

Empiezo a dudar sobre el diario. Podría no haber sido ella. Podía haber sido mi padre quien arrancara la hoja. O Titina. Incluso yo misma en un arrebato antes de irme a España.

No es raro olvidar un hecho traumático. La mente se protege así. Reactivar esos recuerdos puede costar décadas.

En los últimos años, hasta mi lengua materna empieza a desvanecerse. A veces tengo que detenerme al conjugar un verbo en italiano y me sonrojo al darme cuenta de que he hecho un calco del español. Si mi mente borra las palabras de los libros, de las películas, de los idiomas, ¿cómo confiar en que no fui yo quien borró mi propia existencia en el lenguaje?

Olvidar es una forma de protegerse, de adelantarse a la violencia de otros.

Tuve que haber sido yo. Fui yo quien arrancó esa página. A la culpa de haber echado a la gata se suma otra más radical: la de mi cobardía.

Y todo pecado merece su castigo. Eso me repetía siempre mi madre. El mío es fingir que no ha pasado nada, ser amable con ella, como se han empeñado en recomendarme el doctor Montinaro y Nicoletta.

Mi madre sale del baño con el vestido de lino negro de siempre y se sienta en la silla de la cocina. Le acerco el café con la leche que ha dejado el cabrero en la puerta. Sus movimientos son cada día más lentos. En lugar de coger la taza, baja la cabeza, como haría Cavalli con su cuenco. Empuja la boca contra el vaso y sorbe con torpeza. Al levantarla, le tiembla el labio. Un rastro de leche le mancha el superior, justo donde empieza el vello. Parece un bigote. Se lo limpio con el pulgar. En la comisura noto un temblor leve, como si quisiera abrirse paso, pero no tuviera fuerza. Una vez, cuando era pequeña, ese mismo gesto había acabado en carcajada.

Aquella mañana, una como esta, hace más de treinta años, si alguien nos hubiera visto desde la calle, habría creído observar una bonita escena familiar. Un padre con una taza de café en una mano y la moka humeando en la otra; una madre frente a un cazo vacío, con la cuchara de madera ennegrecida entre los dedos; una niña con el pelo al ras, sosteniendo un vaso de leche cruda aún caliente. Aquella mañana, igual que hoy, uno de los tres tenía la boca marcada por un anillo de espuma blanca. La escena podía parecer feliz ante unos ojos ajenos.

Desde mi perspectiva en aquel momento, la imagen era otra. Una niña cabizbaja se encontraba entre dos adultos severos y exigentes. Una niña que sabía que había enfadado a su padre el día anterior, cuando, en su primera salida de pesca, había tirado a escondidas los peces del cubo al agua para intentar revivirlos. Que no había soportado el sonido de las escamas rascando el plástico ni el golpeteo de las colas contra el fondo. Una niña que se había mareado al ver cómo el padre atravesaba un gusano con el anzuelo, pero que había aguantado sin decir nada.

Por eso, a la mañana siguiente, en un último intento por congraciarse, empujó el vaso del desayuno contra la boca y cerró los labios adrede en el último instante, como si hubiera sido un simple accidente. Ser patosa era la forma más rápida de ser perdonada. En un intento torpe de dramatizar la escena dijo «Oh, oooh» y se rio mientras la leche le chorreaba por la barbilla y caía al suelo.

Su gesto provocó la risa de los adultos, pero al rato descubriría que no se estaban riendo porque fuera gracioso. Era una risa de celebración. Su madre se inclinó, le limpió el bigote de leche cruda con el pulgar y dijo:

–Ti sono cresciuti i baffi. Ti sei fatto un uomo! Il mio ometto.

Fue la primera vez que alguien me llamó «ometto», «hombrecito». A partir de aquel día, lo repetirían tantas veces que dejó de ser una anécdota y se convirtió en un mote.

Ese bigote de leche cruda no era un chiste. Era un entrenamiento.

Me paso la lengua por los labios, como si por un momento yo fuera mi madre o la evocación acabara de colarse en el presente. Me cuesta creer que la lengua y la saliva con las que me borro el recuerdo de la nata sigan siendo los mismos de aquella niña.

Le froto la boca con el pulgar y me lo limpio en el vaquero. Cuando acaba de desayunar le aliso el vestido sobre el regazo, le acomodo las piernas en los reposapiés de la silla de ruedas y salimos la calle.

Al entrar en el cementerio, pienso que ojalá le hubiera dicho a la niña que fui que torcerse es un estado natural. Tal vez, para que lo entendiera mejor, le habría hablado de las identidades como de unas olas que, aunque se rompan contra la roca, vuelven al mar, donde se diluyen. Y que el agua es el seno más dulce.

XXVI

Odio traer a mi madre al cementerio y encontrarme con un entierro. Normalmente evito pasar por donde bajan al muerto, pero hoy está demasiado cerca de la tumba de mi padre.

Nos quedamos atrás. Espero a que se vayan para empujar la silla de ruedas. No me apetece oír pésames.

Mamá se queda con la cabeza agachada y los brazos cruzados sobre los muslos. La dejo ahí. Me alejo unos pasos y echo a andar por el cementerio, siguiendo un rastro imaginario. Si Cavalli llegó de esta colonia, quizá haya vuelto. Todos los gatos podrían ser ella.

Cruzo entre los nichos esperando verla al final de un pasillo. En el interior de un mausoleo familiar hay dos gatos ovillados que se lamen las orejas. El cristal de la entrada está roto. La luz atraviesa un mosaico sucio de la Virgen del Trigo con el niño en brazos y una hogaza de pan entre las manos. Sobre el suelo agrietado hay un charco de cera roja. Los rayos iluminan el polvo suspendido y el rostro de la virgen se enciende. Me mira con desprecio.

Los gatos siguen lamiéndose. Uno es blanco. El otro, negro. Sus cuerpos están tan enredados que cuesta distinguirlos. Entonces asoma una tercera cabeza, de un naranja sucio. Juntos forman los tres colores de Cavalli. Me ignoran con la misma quietud con la que esta mañana mi madre dejó que le limpiara la boca. Los animales parecen avisarme de que nunca volveré a encontrar a la gata. Que lo más cercano a ella es este simulacro de cuerpos que no me hacen caso.

Mi madre ha estado todo este rato inmóvil, sentada frente a la tumba. Me cuesta decidir si la he abandonado o si solo me he dado un respiro.

Al volver y cruzar el umbral de la puerta de casa, se levanta de golpe de la silla de ruedas. Me sobresalta. Tiene los ojos desorbitados. Corre hacia dentro, con la torpeza de un animal envejecido. Empieza a abrir puertas desesperada. El baño. La cocina. La despensa. El dormitorio. Busca con furia. Se tambalea y tropieza con la alfombra. Se cae al suelo. El sonido que escapa de su boca es breve, agudo. Un maullido.

No me pide ayuda. No me mira. No me está llamando a mí sino a la gata. Ya lo sabe. Sabe que no está aquí.

CAVALLI

LA COLONIA

La vida en la colonia no se parecía en nada a la de la basura. No sabía los nombres de los otros gatos porque nos reconocíamos por el olor. El de algunos era suave, apenas perceptible, como el de las piedras o el agua. Podrían haber sido un Rómulo o una Cleo o, en humano, un Juan o una María. Otros desprendían un hedor más agrio: serían una Kali o un Chumbo, y, en humano, una Olimpia o un Abel. Los que olían a tierra mojada y flores silvestres llevarían nombres como Rayo o Taró. En humano, podrían llamarse Caterina o Violeta.

Una vieja que olía a moho venía cada día a la colonia cargada de pienso. Cuando lo veíamos se nos erizaba el lomo y la cola. Ella, en cambio, era un pellejo. No comía nada, la humana.

Los humanos son una subclase de gatos torpes con un trastorno motor que les obliga a caminar con las patas traseras. A pesar de su tamaño amenazante son débiles. Su pelaje es escaso, con partes del cuerpo al descubierto, por lo que necesitan taparse con telas para protegerse del frío y del sol. La vieja llegaba siempre a la misma hora, cuando las sombras se alargaban en el suelo. Arrastraba su cuerpo escuálido con un paso lento hasta para un humano. Sabíamos que estaba cerca porque el aire olía a moho. Al verla solo podía fijarme en sus huesos, pegados al pelaje.

Sacaba tres cubos de plástico y los alineaba con una languidez exasperante. Nosotros maullábamos para meterle prisa. Miau. Miauuuuu. Miauuuuuuuuuu. Tan solo con oírnos se ponía contenta. Echaba el pienso en los cuencos con la misma lentitud de su andar para alargar su tiempo con nosotros. Debía de estar cerca de la muerte porque un día dejó de venir. Me hubiera gustado haber estado allí. Poder roer sus huesos, sostenerla en la boca un rato. Demostrarle mi amor.

La sustituyó el vigilante, un tipo que a menudo se olvidaba de darnos de comer y que olía a meado. Nos costaba saber si iba a lanzarnos los restos de pescado o si, simplemente, era su propio hedor pegado a las manos o al pantalón manchado de orina. Estaba obsesionado con los números y con el mar. Desde la ventana, mientras tomaba el sol, lo observaba pasar el día frente a la pantalla repasando en voz alta barcos y peces: dorada, merluza, sargo, besugo, jurel, caballa, mero, lenguado. Se los sabía todos. Y todos sonaban igual de apetitosos. Escuchándolo hablar con los amigos de la pesca descubrí que el mar era un lugar donde pasaban cosas mágicas: que la dorada, al superar los seiscientos gramos y los dos años, cambiaba de sexo, dejaba de producir esperma y comenzaba a generar hueva; que las caballas variaban de color según su estado de ánimo; o que los ojos del lenguado, cuando crece, se desplazaban de un lado a otro hasta que ambos quedaban en la misma parte del cuerpo. Probablemente, los restos de la lubina sobre los cuales nací también venían de algún océano y, en ese caso, yo también pronto me convertiría en un ser mágico.

Quería ver el mar antes de morir y meterme en él, para saber qué le ocurriría a mi cuerpo. Debía de oler bien, a pescado. A veces, rascaba la tierra de los charcos, con la esperanza de que debajo estuviera el mar, con alguna dorada o algún sargo esperando para ser devorado.

Entonces aprendí a amar la tierra, porque en su vientre guardaba todo lo que necesitaba para calmar la sed y el hambre. Mientras tanto, los humanos iban y venían por el cementerio. Los veía deambular, sentarse en los bancos, agotados por el calor. Humanos con trajes negros que se desabrochaban los últimos botones de la camisa cuando nadie miraba. Humanos sedientos con la lengua fuera apurando la última gota de una botella. Humanos que lloraban, expulsando néctar de su propio cuerpo. Humanos que no amaban la tierra. Que la pisaban, la golpeaban, la ninguneaban. Humanos con las uñas finas y limpias que nunca han escarbado en busca de agua. Humanos que se despedían de otros humanos muertos, murmuraban rezos, tiraban besos y miraban arriba. Nunca abajo. Pero abajo iban los cuerpos de sus seres queridos. Y abajo está el agua. Y los peces. Abajo está la vida.

En la colonia la pluralidad era la forma natural de las cosas. Cuando una gata se estiraba entre los cuerpos, las demás se reacomodaban hasta envolverla en el centro. Mientras una le olía el cuello, una segunda hundía el hocico en su vientre y una tercera le recorría con la lengua la línea del lomo. Enseguida comenzaban a limpiarse entre sí: frente, ojos, hocico, boca. A veces, ese ritmo se rompía sin previo aviso. Una mordía el cuello de otra y, lejos de apartarse, esta enseñaba los colmillos, pero no en gesto de amenaza o rendición. Era una entrega lúcida: gozaban al sentir los dientes hundiéndose en la carne, con la profundidad exacta para no convertir el placer en dolor. No había lucha ni dominio, solo un intercambio de posturas donde las mordidas se alternaban con lametones, las pausas con movimientos súbitos. Ninguna imponía su deseo, porque el deseo no era de una. Era de todas. Una pulsión colectiva.

Llegué a la conclusión de que los gatos no conocemos el abandono. Parimos con y sin el cuerpo. Escribimos palabras de amor lamiendo orejas y ojos que no son nuestros. Orejas y ojos de nuestras criaturas. No importa si no han salido de nosotras. Son nuestras porque todas somos del mundo. Con la lengua lavamos el miedo del rostro de la que sufre, como una gata de la colonia, que adoptó una cría de conejo y le ofreció su pecho infectado para que no muriera. Y había palabras en la leche que cabalgaban de un pecho a una boca ajena. Su vida era breve, pero suficiente para saber que el hambre no distingue entre especies. Si los gatos tuviéramos lágrimas, lloraríamos al ver a una criatura abandonada. Es atroz sobrevivir al amor. El amor debería acabar con todo. La muerte debería pillarnos desprevenidos, pero amando.

CINCO

AMERICA, GIANNA NANNINI

XXVII

Por primera vez, no quiere ir al cementerio. Frotar el mármol con un paño húmedo, sacar el polvo de las letras doradas con la yema de los dedos, despejar las hojas secas que el viento amontona en la base de la tumba es su forma de comunicarse con mi padre, de hablarle, de asegurarse de que sigue ahí. De que cuando ella muera, él la esperará.

Cada vez que la veo inclinarse sobre la tumba, siento que su amor sigue fresco, como si el sudor del último día que durmieron juntos no se hubiera secado. No puedo evitar pensar en los versos de Javier Fernández: «No es una mujer limpiando una lápida, sino una madre bañando a su hijo».

Cuando mamá coloca las flores frescas en la tumba, yo sé que en realidad se las coloca a mi padre en el pelo.

No está cansada ni se ha olvidado. Mi madre está castigándome. Me hace sentir la ausencia de la gata como yo siento la de la página del diario. Al negarse a ir, quiere dejarme claro que hay otro amor más urgente que el de mi padre. Uno con un cuerpo tibio que duerme sobre su pecho y que ya no está.

Al ver que no se sienta en la silla de ruedas le pongo una mano en el hombro y, contra su voluntad, empujo hasta obligarla a doblar las rodillas. Noto un pequeño alivio al ver su cuerpo perder el equilibrio y caer sobre el asiento. Si al arrancar aquella página de mi diario ha querido demostrarme que yo ya no era su hija, entonces ella dejará de ser mi madre.

Empujo la silla con la vista clavada en el suelo. Al bajar por la via delle Anime, evito la mirada de la gente. Mi madre pesa más de lo habitual. Parece que transporto su cadáver.

Ariel me recibe con una energía desmedida que no sé gestionar. Tiene las manos negras de tierra, como siempre, pero hoy me incomoda. Me sonríe. Agita un billete de cincuenta euros frente a mi cara, esperando una pregunta. No me apetece hablar con él.

La voz de mi madre me despierta:

–*Quanta fantasia... Quanta fantasia...*

Se me habían cerrado los ojos por el calor y la falta de sueño. Me quedé dormida poco después de dejarla apoyada en la tumba.

Lo primero que veo son unos dedos gruesos que sostienen una bolsa de basura. Me parecen familiares. Las pupilas de Ariel se encienden en las mías. La amabilidad de antes ha desaparecido.

–*Forte... Amoreeeee... Ancora più forteee!*

La letra desafinada de Gianna Nannini rebota en la piedra caliente de la lápida de mi padre desde la boca de mi madre. Tiene las manos metidas dentro de la falda, los dedos hundidos entre las piernas, masturbándose. Le tiro de los brazos. Los dedos están húmedos y sudados. Las manos aparecen enrojecidas de tanto frotar.

Ariel nos dice que nos larguemos, que por suerte a esa hora no suele haber nadie. Empujo la silla con una rabia entumecida por el sueño y una vergüenza que se confunde con arrepentimiento.

Justo enfrente hay dos gatos en el sendero. Una con el lomo curvado, la cola alzada, el otro montándola y mordiéndole la nuca. Mi madre ha respondido al mismo ritual.

Volvemos a casa antes de tiempo. Se ha salido con la suya. Yo solo acato sus órdenes.

No he vuelto a ver a Ariel. Cuando a los pocos días vuelvo al cementerio, encuentro una nota garabateada con prisa en boli azul sobre la cancela:

«Cercasi custode. Orario flessibile. Tempo completo».

Quizá le haya dado un infarto de tanto comer pizzas y beber cerveza o haya acertado una combinación de números lo bastante suculenta para volver a Tirana. Cada vez que miro al mar Adriático y los montes de Albania aparecen en el horizonte, me gusta imaginarlo en un barco de madera, empuñando el timón con una mano, un cigarrillo en la otra. Cada vez un poco más cerca de su Tirana natal, de su mujer, de su hija.

En sus uñas negras quedará una costra de tierra italiana que no lo abandonará nunca; en el bolsillo, un fajo de billetes que pronto soltará en una mesa para pagar la entrada de una casa en el puerto de Durrës, a tocateja.

CAVALLI

EL HAMBRE

Si un gato muere nos lo comemos. El vigilante olía cada vez más a alcohol y pasaba días enteros sin alimentarnos. Pronto aprendimos a detectar los signos de la muerte.

El día en que el brillo en los ojos de un gato se apagaba sabíamos que algo iba mal. Empezaba a vomitar un líquido espumoso y amarillento. Su pelaje resplandeciente se volvía opaco. Como última señal de su deterioro, dejaba de cubrir sus excrementos.

Lo rodeábamos, lo olíamos, atentos a su respiración entrecortada. No había prisa ni violencia. Solo la certeza de que su cuerpo estaría dentro de nosotros como ritual de acompañamiento.

La carne no dura tanto como un árbol o una lápida. Hay que recibirla antes de que el hedor la vuelva insoportable. Mi madre habría devorado el cuerpo de su hijo si la mano del basurero no lo hubiese sepultado bajo un montículo de tierra.

Los humanos, sin embargo, solo aman su propia carne. No aman las vísceras de sus seres queridos ni su piel. No aman los ojos que la muerte vuelve delicados. Dejan los cuerpos llenos. En lugar de desnudarlos, los cubren con tela, los encierran en una caja, cavan un hoyo y los esconden, como excrementos. Los esconden porque la muerte los avergüenza. Los esconden porque no los aman. Nadie quiere quedarse con los pulmones de sus amados ni con su corazón. Nadie lame sus lenguas ni besa sus bocas muertas. No aman los riñones ni los hígados ni los estómagos. Ellos, con las barrigas llenas, con los árboles cargados de frutos, con los buches repletos de palabras. Entonces lo entendí: el hambre es lo que mantiene viva la carne. Sin hambre no hay amor.

Esa noche, el vigilante salió de su oficina tambaleándose y arrojó una bolsa de basura al contenedor con los restos de su cena. Nos vio aparecer entre las sombras rodeándolo, maullando y alzando el lomo, y torció el gesto. Odiaba a los gatos. El alcohol le recordaba que nos detestaba más que a sí mismo. Cuando mi madre se acercó demasiado le soltó una patada seca, sin mirarla, y se encaminó a la salida.

Vi cómo volaba su cuerpo. Los gatos somos criaturas tan apegadas al suelo que me pareció un acto de extrema belleza. Podría haber trazado una línea con su trayectoria y habría conseguido un pequeño arco, de proporciones perfectas.

No hay nada que nos obsesione más que tener el control de la situación. Todos nos alaban por nuestra seguridad al andar y por la firmeza en cada movimiento. Sin embargo, había un descontrol precioso en ese cuerpo tan hecho a la tierra, navegando por los lugares que transitaba el viento. Cuanto más lo miraba, más me deslumbraba la estampa. Suspendida en el aire, la imaginé rompiendo la gravedad con su masa ínfima de vida, soportando en su cuerpo el peso del mundo entero, flotando lo que apenas dura un suspiro.

Los gatos también amamos la limpieza y mi madre se elevó inmaculada. El empeine del vigilante la alcanzó justo en medio del lomo, haciéndole añicos los órganos internos, sin llegar a perturbar la belleza de su manto atigrado.

Me quedé extasiada y me fijé en la boca abierta, las patas descoordinadas, la cola hecha un remolino. Fue difícil anticipar la caída. El vuelo se rompió en un segundo.

¿Cómo pudo gustarme tanto la imagen de mi madre muriendo?

SEIS

ALMENO TU NELL'UNIVERSO, MIA MARTINI

XXVIII

La ausencia de la gata hace de mi madre un ser esquivo. Se mueve por la casa como si yo no existiera. Si nos cruzamos en el pasillo, gira la cabeza. Si me siento a la mesa, deja de comer. Me he convertido en un fantasma, un objeto más de la casa, uno de sus cuadros colgados en la pared. *Fanciullo con canestro di frutta*, acumulando polvo.

Las pocas veces que nuestros ojos se encuentran la culpa por haber dejado escapar a la gata enciende una descarga eléctrica en mi cuerpo. Breve, afilada. Me eriza el vello, pero se disipa enseguida.

Todo acto de escritura se vuelve pueril. He decidido cerrar el cuento de forma abrupta con la muerte de la madre de la gata porque tampoco eso consigue que la mía hable. Siento que se me ofrece la oportunidad de llenar el vacío que había dejado Cavalli. Ser la gata. Solo tengo que hacerlo bien. Con entrega. Con precisión.

Por la tele retransmiten un programa norteamericano sobre comportamientos adictivos en personas adultas. Un hombre besa el capó de su coche y lo presenta como su novia. Una mujer se saca el pecho para amamantar a su marido. No hay nada que no haríamos con tal de ser amados.

Ahora que se ha ido me doy cuenta de cuántas veces al día decía su nombre. Nunca volveré a juntar las letras en el mismo orden: ci, a, vu, a, elle, elle, i. Cuando alguien desaparece, se lleva también su rastro en el lenguaje. Con él muere una parte de tu voz.

Mi madre ha dejado de cantar porque ya no queda nadie a quien quiera dirigirle una palabra de amor.

Cavalli en italiano es el plural de «cavallo». Una tarde, pocos días antes de irme a España, abrí la puerta y la gata se metió en la casa cortando el viento. La llamamos así porque parecían mil caballos desbocados amarrados en un cuerpo enjuto.

Cuando leí el poema «Canto a mí mismo», de Walt Whitman, subrayé los versos:

¿Que me contradigo?
Sí, me contradigo. ¿Y qué?
Yo soy inmenso y contengo multitudes.

Ahora los recuerdo y pienso en la gata. Me fascina la idea de que su nombre pueda contener una contradicción tan grande, que un plural quepa en un animal así de pequeño. Si alguien me pregunta por el nombre de Cavalli le impresionaré citando a Whitman. Pero sé que esos versos no hablan de la gata, sino de mí.

«Yo soy inmenso y contengo multitudes». La primera vez que me di cuenta de que me interpelaba fue cuando acepté no usar mi nombre completo. Nunca he vuelto a conocer a nadie cercano que se llamara como yo. Cuando me cruzo con ese nombre en los libros de historia o en una placa conmemorativa, no siento nada. No es algo mío. Es un nombre muerto.

Sin embargo, cada vez que alguien lo gritaba en la calle, me detenía en seco, me giraba y esperaba. Cuando entendía que no me llamaban a mí, aceleraba el paso sin mirar atrás. No sabía qué era peor: pararme o admitir lo patético del gesto. El día que dejé de hacerlo sentí el consuelo de cruzar una frontera.

La existencia trans o no binaria está profundamente ligada al lenguaje. Hay formas de desaparecer que empiezan en la boca de los demás. Definir lo que es un hombre o una mujer tiene una raíz sumamente lingüística. Envidio lo no verbal. El cuerpo sin nombre. Si me despojo del lenguaje, como mi madre, como Cavalli, tal vez quede espacio para que ella me quiera.

Mi madre se está muriendo. Es cuestión de tiempo. El doctor Montinaro ha dejado claro que no recuperará el habla. Eso significa que nunca pronunciará mi nombre. ¿Le será más fácil amar así?

Un día leí que las tórtolas regurgitan leche en el buche de sus crías para fortalecerlas. A diferencia de otras especies, macho y hembra secretan el líquido para alimentarlas. Esta noche la imagen se ha impuesto en un sueño, vívida, ante mis ojos. No recuerdo el escenario, solo dos aves en un nido, con el buche hinchado y el rostro de mis padres. Arqueaban el cuello y regurgitaban una masa espesa de leche cruda en los picos abiertos de sus polluelos. Las cabezas de los pichones se hundían hasta desaparecer en las gargantas de los padres, absorbidas por el hambre.

Quiero ser para mi madre esa pasta. Algo ya deshecho, sin forma, más fácil de masticar.

Me siento a su lado en el sofá y coloco lentamente la cabeza sobre su regazo. No quiero que descubra mi intento de imitar a Cavalli, pero no puedo evitar pensar que una cabeza humana pesa tanto como un gato adulto, en cómo la carga que sostiene sobre sus piernas es la misma. Empiezo a sentir la transformación. Yo ya no soy yo. Soy un cuerpo tibio, inerte. Algo que respira, que se entrega.

A pesar de mis intentos de ser una gata, mi madre no ha vuelto a cantar.

Al día siguiente, mientras ella intenta hacer un puzle en la mesa del salón, me subo a su regazo. Apoyo las nalgas sobre sus muslos, suavemente. Percibo su miedo. Me sostiene un par de segundos y me aparta con el antebrazo. Me bajo sin rechistar. Los gatos no mendigan amor.

Después de ese intento, dejo de hablar. No hay resentimiento ni venganza. Los gatos no hablan. Me muevo por la casa a oscuras. Sigo un patrón colocando los pies donde ya he pisado antes, en las mismas baldosas. Los gatos al caminar no dejan cuatro huellas en el suelo, solo dos. Las patas traseras caen en el mismo sitio que las delanteras, asegurándose de que el terreno sea estable. Yo hago lo mismo.

Empiezo a subirme a los muebles. Primero al sofá, después a la encimera de la cocina, a la mesa del comedor. Me acuclillo en los bordes, equilibrando el peso en las puntas de los pies, agazapada. Cuando mi madre se queda dormida viendo la tele en el salón, trepo por el respaldo y la miro desde arriba. No tengo garras, pero clavo los dedos en la tela del sofá hasta sentir un escozor en las yemas. Me quedo quieta, en posición fetal. No pestañeo hasta que los ojos me empiezan a arder.

Me pregunto si nota mi presencia.

Me he quitado las chanclas para evitar el ruido. No recuerdo haber oído nunca los pasos de Cavalli.

Los gatos descansan quince horas al día. Si cierro los ojos, si me quedo así lo suficiente, yo también seré uno.

Ya duermo a los pies de su cama, en el hueco que ha dejado Cavalli. Esta noche he imaginado mi cuerpo cubierto de pelo. Paso la lengua por mi mano, mis muñecas y mi antebrazo, hasta que el sabor agrio de mi saliva me da arcadas.

Quiero meterme debajo de las sábanas de mi madre y descansar en el hueco entre las piernas, donde dormía Cavalli. No sé si me atreveré.

He dejado de dormir en la habitación de mi madre. Me he acostumbrado a hacerlo en espacios más estrechos. Me hago un ovillo en el suelo, entre el alféizar y la pared, o en el hueco del armario. Cuanto más reducido es el espacio, mejor. Si noto mi propio cuerpo encerrado me siento protegida.

Estoy empezando a guiarme por el hambre y no por el reloj. Voy por buen camino.

Mi madre llora en la cocina. Está de espaldas a mí, con las manos sobre la encimera. No solloza. No emite ningún ruido. Me acerco en silencio y dejo escapar un sonido con la boca cerrada que nace del fondo de mi garganta. Se parece a una respiración pesada, un ronroneo. Ella se seca la cara con el dorso de la mano. Se da la vuelta y sale de la habitación.

Sé que no me estoy volviendo loca porque tengo el control de mis acciones. Cuando salgo a la calle o si algún vecino toca a la puerta o llama por teléfono, puedo fingir perfectamente ser humana. Sé cuándo sonreír, asentir o decir alguna frase de cortesía para llenar los silencios. Lo hago sin pensar, como cuando empecé a contar en español.

Si veo un gato en la calle lo espanto. Quiero que los animales teman a los humanos. Que sepan que no valen la pena. Antes me agachaba a acariciarlos.

He salido para ir a la carnicería. La mujer me recibe quejándose del calor sofocante y pregunta por mi madre. Contesto con frases breves, neutras. Cualquier conversación, especialmente las previsibles, me parece banal. Obscena. Me desvía de mi objetivo. Es tan fácil volver a ser humana. Pido un cuarto de carne picada. La carnicera levanta la bolsa con el guante ensangrentado. Le digo que la vuelva a pasar por la máquina porque voy a preparar un gattò de patatas y la necesito más fina. Me humedezco los labios y se lo repito, educadamente.

Me entrega la bolsa. La carne conserva aún el calor de la picadora. Mientras la pesa, me mira y sonríe con aire cómplice. Me asegura que así, bien finita, se cocina rápido y no queda ningún rastro de sangre.

Qué frase tan espantosa.

Al volver a casa abro la bolsa con la carne. Es una masa blanda, húmeda, todavía tibia. Está cortada tan fina que se pega al paladar antes de deslizarse por la garganta. Al otro lado de la mesa, mi madre no levanta los ojos de la comida. Cuando Cavalli vivía con nosotras, le daba los restos de su almuerzo. Un trozo de queso, un poco de pollo. Me pregunto si cree que yo también acabaré suplicándole. Si cree que me acercaré a su regazo y abriré la boca. No lo hago. Sigo masticando la carne cruda, sin apartar la vista de sus ojos vacíos. Su plato está intacto.

Tengo que ser paciente. Como la mayoría de las madres, la mía confunde el apego con la rutina. Se aferra al recuerdo de lo que ya no está. Cree que soltarlo sería una traición. Tras la muerte de mi padre guardó en los cajones sus objetos personales, metió la ropa en una maleta y amontonó lo demás en un arcón. Pero el cepillo de dientes sigue colocado al lado del suyo. Con Cavalli no ha sido distinto. Ha retirado su cuenco de comida, pero ha dejado el del agua. Lo cambia de vez en cuando para que siempre esté fresca. Algún día se olvidará de ella y me aceptará a mí. Es cuestión de tiempo.

Ante su indiferencia persistente entiendo que me falta algo esencial para ser gata.

Salgo al jardín, me acuclillo en el suelo y hundo los dedos en la tierra húmeda. Escarbo hasta que las uñas se me llenan de barro. No tengo garras, pero puedo cavar y mantener el cuerpo en equilibrio, a pesar de no tener cola. Doy una vuelta sobre mí misma. La calima ha empalidecido el cielo y el sol me golpea de frente. Cierro los párpados mientras aflojo el esfínter y defeco. No veo nada, solo siento una mosca revoloteando encima de mi nariz, sorbiendo mi sudor.

Mientras me alivio, noto fuego en la cara. Un calor seco, un latigazo. La cabeza se me va a un lado. Mis gafas salen despedidas por el golpe. Oigo el chasquido antes de verlas en el suelo, partidas, los cristales esparcidos como escamas. Me tambaleo y acabo sentada sobre mis propias heces. Cuando abro los ojos, los dedos huesudos de mi madre siguen en el aire. Jadea por el esfuerzo de la bofetada.

Por fin me ha visto. No con piedad, sino con la aceptación de quien deja de resistirse a lo evidente. Siento dolor, liberación y dolor.

Llegar a este punto ha sido una bendición. Nos ha vuelto invencibles. Llevo en la mejilla el golpe como un lunar. Podría trazar su contorno, señalar el punto exacto, la forma de los dedos, la intensidad con la que me ha ruborizado la carne.

Si para ella soy una gata sus manos pueden posarse sobre mi cara, mi barbilla, mi pelo. Puedo acercar mi cuerpo al suyo, abrazarla. Quizá, hasta hundir la nariz en su aliento, aspirarlo. Dejaré de percibir el hedor denso, rancio, de la leche de cabra. Para una gata, para mí, será el olor de una madre.

Nada ha cambiado en la composición de nuestros cuerpos, pero algo se ha reordenado. Hemos encontrado la forma de estar juntas.

En un destello de mi antigua humanidad, cojo el móvil del bolsillo y tecleo un mensaje a Titina: «Ti prego, vieni». Por primera vez me detengo a pensar en lo mundano del verbo «pregare», en cómo las palabras palidecen de tanto usarlas. Me acuerdo de su etimología, del latín «prĕcari», de «prex precis»: oración. Nunca había usado esa expresión de una forma tan literal. Este mensaje ha sido mi último acto humano.

XXIX

Tras enviar el mensaje, mi cuerpo se desploma en el suelo. Me duermo sin darme cuenta y un sueño me alcanza como una tregua: estoy en el dormitorio de mi madre. Todo es tan nítido que dudo de si sigo despierta.

Ella está de rodillas al otro lado de la cama, bajo la ventana. Una luna llena asoma pálida, proyectando una luz lechosa sobre su espalda inclinada. Las sábanas rosas que antes cubrían su carne visten la superficie firme del colchón como un mantel. Encima de la tela hay cubertería de metal pulido, platos de porcelana con filo dorado, un vaso de cristal soplado. A su lado, la botella de vidrio del cabrero. En el centro, un candelabro sujeta el hálito de una llama que desgasta su luz ocre contra la cubertería y el cristal.

Sobre la sábana, diáfanos, platos con sus recetas: un gattò de patatas con la costra tostada, fuentes con burrata rebosantes de nata, tartaletas de crema con fruta del bosque, una crostata con mermelada de uva, pan rústico aún caliente, rodajas de hinojo con aceite y sal. Donde antes estaba su cuerpo hay un banquete.

Mi madre acomoda los cubiertos con su devoción ciega: el

cuchillo a la derecha, con el filo hacia el plato, luego la cuchara. El vaso centrado, la servilleta doblada en un triángulo. Su precisión es absoluta, casi litúrgica, como si en la disposición de cada objeto habitara un dios de las cosas pequeñas. No me mira. A modo de oración de despedida, vuelve a tocarlo todo, asegurándose de que nada se haya movido lo más mínimo.

Frente a ella, un plato de tagliatelle caseras, cubierto de salsa y formaggio ricotta recién rallado. Era el plato que preparaba los domingos, el único día que se despertaba antes que las chicharras. Sacaba la máquina de pasta y pasaba la masa por los tubos de hierro, afinándola con cada vuelta hasta lograr el grosor exacto. Después la doblaba con cuidado y la cortaba en tiras finas, una a una. Yo entraba en pijama, sin decir nada, y apoyaba una mano sobre la suya para ayudarla a girar la manivela.

No recuerdo haberla tocado antes. No se me había ocurrido que en ese gesto se hallara el origen de nuestro amor. Un gesto no tan distinto de los que ella tenía a diario con Cavalli. Hay madres e hijas que saben mirarse a los ojos y decirse «Te quiero» y otras que solo pueden empujar juntas una manivela en silencio un domingo por la mañana. Y eso les basta. Nuestro amor siempre fue animal. Lo he entendido tarde.

Han pasado décadas desde aquellos domingos, pero en el sueño su rostro es el de entonces, vencido por el amor.

Cierro los ojos un instante y al abrirlos la luna cuelga justo encima de su cabeza. Su luz blanquecina le baña la cara con la violencia de un foco cenital, empalideciéndola y dándole a la escena un aire teatral. Empieza a caer una lluvia fina. Me llevo la mano al párpado, aún húmedo, y entiendo que no es la luna, sino mi propio ojo el que derrama agua sobre la escena. Un ojo enorme, que flota encima de nosotras.

Bajo la mirada. La lluvia arrecia. Mi madre se empapa. El moño cede bajo el peso del agua, unos mechones de pelo se le pegan a la frente y al cuello. El agua sube, ella no se inmuta. Sigue con la mesa, alineando cubiertos, recogiendo vasos caídos, secando platos con la esquina del mantel, ajena a la inundación y al peligro. Si no dejo de llorar se ahogará.

Sus manos se aferran a los cubiertos y empieza a comer con ceremonia de un plato vacío. Toda la comida ha desaparecido. Incluso las fuentes rebosan agua. Cuando el colchón queda sumergido, suelta el tenedor. Inclina la cabeza y empieza a toser, como un animal que se atraganta al arrancar la carne de su presa. La garganta se le hincha por culpa de algo que no baja. La comida invisible le deforma el rostro. Me recuerda a una tórtola a punto de alimentar a una cría. La tos suena seca. Se está ahogando.

Veo la botella de leche cruda. La que el cabrero nos rellena cada semana. El resto se ha desvanecido.

Lleno un plato hondo y se lo acerco. No me ve. Vuelve a inclinar la cabeza y lame la leche con la lengua para intentar bajar la comida. Al hacerlo, la lluvia se detiene y la luna desaparece. La habitación queda en un silencio espeso bañada en una luz rosada.

Mi madre levanta la cabeza. Un bigote blanco le cubre el labio superior. Me sonríe.

Entonces, lanza un maullido largo. Tal vez canta.

Me despierto con ganas de comer. En la boca del animal todo es hambre.

XXX

Mi madre se está muriendo. Es lo primero que me dice Titina nada más cruzar la puerta. Mi madre se está muriendo y yo nunca me he sentido más amada.

Llega con las sobras de su almuerzo: pimientos agridulces y los restos de una trenza de mozzarella rellena de jamón y aceitunas, y advierte a mi madre de que si sigue sin comer le pondrán una vía. Que la sacarán de casa para llevarla al hospital. La ducha, cambia las sábanas, la mete en la cama. Se despide llamándola «màtrima». Es la primera vez que le dice «madre», «mi madre». Quiere asegurarse de que lo oiga. Lo hace rápido, sottovoce, antes de que la vergüenza la frene. Le promete que volverá mañana. Entonces «si prenderebbe una decisione». Usa la forma impersonal para no admitir que la tomará ella y no yo.

Al despedirse, me abraza con una fuerza que traspasa el límite entre el amor y el odio. Quiere hacerme daño. Es su forma de castigarme por ser una mala hija.

Me quedo un buen rato en la puerta del dormitorio de mi madre como quien contempla un cuadro en un museo y desea meterse en la imagen. Está mirando un punto en la oscuridad, igual que los animales cuando entran en esa quietud larga de un tiempo distinto al humano.

Su inmovilidad la fija aún más en la escena de un óleo. La claridad que se filtra a través de la persiana es pálida y artificial, y entra estratégicamente para bañar de azul sus manos trenzadas sobre las sábanas rosas, justo a la altura del estómago. La miro el tiempo suficiente para vislumbrar las pequeñas luciérnagas atrapadas bajo la piel que la luz deja entrever, en las venas, encendiéndolas de un morado que da significado a su vejez.

Lo único que la separa de un retrato es el leve ascenso y descenso de la respiración, que le arquea el vientre y hace subir y bajar sus manos con la cadencia de una marea cansada. Bajo las sábanas, su corazón parece un mecanismo que trabaja con retraso, como si la vida dudara entre irse o quedarse.

Me apetece verla de cerca. Busco un gesto involuntario, un parpadeo, cualquier prueba objetiva de vida. Cruzo el umbral y entro en el cuadro.

Abro el cajón donde guarda las gafas de mi padre. Saco la funda y la destapo. Los cristales están cubiertos de polvo y huellas. Parece que las dejaba sucias a propósito para evitar ver el mundo con nitidez.

Era un hombre vanidoso. Usaba las gafas solo en casa, para leer y ver la tele, aunque el médico le advirtiera de que debía llevarlas también al salir para frenar el deterioro de su vista. Tenía la mala costumbre de quedarse dormido con ellas puestas viendo la tele. Mi madre se las quitaba cada noche y las colocaba en la mesilla.

A partir de su último diagnóstico, se acostumbró a ponérselas cuando recibían visitas o en las cenas. El día que le confirmaron que el cáncer lo fulminaría, dejó de quitárselas. Tendría que habernos bastado eso para entender que se había rendido.

Cuando alguien muere, se desencadena una urgencia por borrar su rastro, vaciar la casa de su presencia, como si deshacerse de sus cosas pudiera dar un cierre físico a la pérdida. Pero esas gafas, intactas donde mi madre las dejó la noche de su muerte, siguen anclándolo a este mundo. Mamá lo retiene a través de ellas.

¿Qué se hace con los objetos de los padres cuando ya no hay padres?

Miro las gafas. Luego el cuerpo de mi madre. Lo que queda aquí de ambos es lo mismo.

Me las pruebo para comprobar si la mirada de mi padre y la mía caben en el mismo cristal. Las gafas, de muchas dioptrías, rompen mi visión en manchas de contornos difusos. Al sacar la funda, algo rueda desde el fondo del cajón: un rollo de papel atado con un lazo de terciopelo rosa. Es la página arrancada de mi diario.

6 de agosto

Al profesor le gustó tanto mi interpretación que me ha pedido que le ponga un nombre a mi personaje y lo interprete en la muestra final.

Cuando esta mañana estaba firmando la asistencia al taller algo se me ha encendido al ver escrito mi nombre en la lista: DAMIANO.

He tachado las primeras y últimas letras y ha aparecido Mia, como Mia Martini. Había estado ahí siempre, en el medio, como un corazón que ocupa el centro de un cuerpo. He tenido que arrancarme lo que me sobraba para dejar emerger un órgano nuevo, más tierno.

Ojalá algún día reúna el valor para decirle a todo el mundo que me llame Mia.

Guardó la hoja. No la tiró. La dobló con cuidado y la escondió en el fondo del cajón, entre los dibujos y los poemas que le regalaba de niña por la Festa della Mamma. En esta casa la violencia se ha ejercido desde el silencio y la omisión. Igual que el amor. Pero este gesto, mínimo, casi invisible, grita sin proferir palabra.

Si había leído mi diario, ¿por qué nunca me llamó Mia?

Me pongo las gafas y mi visión se vuelve borrosa. Quiero abrazarla, pero no lo hago. Con eso sellamos la última oportunidad de encontrarnos. Un amor a destiempo se parece demasiado al castigo.

Antes de darme la vuelta mi madre empieza a cantar:

–*Sai, la gente è strana. Prima si odia e poi si ama.*

Mientras su voz suena mi vista acaba de disolverse en la habitación. Tal vez lo que mis ojos confunden en el plano de la realidad es lo mismo que confunde ella. Con las gafas puestas mi madre ya no es mi madre. Yo soy su marido muerto.

–*Tu, tu che sei diversooo. Almeno tu nell'universooo.*

Empiezo a cantar con ella:

–Un sole
che splende per me
soltanto
come un diamante
–Un sole
che splende per me
soltanto
come un diamante
in mezzo al cuore.

Hundo mis manos en un círculo indefinido de color piel y encuentro las suyas. Ahora es ella quien me agarra. Ocurre justo cuando dice:

–*Saï, la gente è sola. E come può lei si consola.*

Lo hace con una potencia desmedida, que dura pocos segundos. Ya no le quedan fuerzas. Deja caer sus manos delicadamente sobre las mías.

Es una sensación inolvidable, aunque vuelva a buscar ese ímpetu en las manos de la gente, en cada apretón, en cada abrazo, en cada dedo deslizándose entre mis muslos. Nunca lo encontraré.

No cantamos bien. De lejos parecemos un par de gatas maullando, dos animales en celo. No se me ocurre otro momento en el que la vida sea más feroz, más desesperada en su súplica por continuar.

Me dejo caer sobre ella, con esa entrega con la que las madres se desploman sobre sus hijos muertos. Veo mis dedos bañados en su saliva y los suyos en la mía y siento en el centro de esta imagen el origen de nuestro amor.

Si acepto la idea de que somos gatas, la imagen cambia. Es un ritual de limpieza.

La canción termina, pero sostengo la escena. Al soltarla, me siento más ligera. En cierto modo, mi mano sigue ahí con ella.

–Dimmi che per sempre sarai sincero e che mi amerai davvero. Davvero di più. Di più.

Son las últimas palabras que oigo de mi madre.

Que hubiera elegido la canción de Mia Martini era la forma más pura de decir mi nombre, aunque nunca sabré si me cantaba a mí o a mi padre.

Me muevo a tientas con las gafas puestas y me las quito al llegar a la puerta. La imagen del cuadro en el que la había encontrado sigue ahí, intacta, pero ahora parece más serena. O quizá sea el engaño de quien necesita recordarla así.

Miro con nostalgia anticipada el dormitorio. Quiero devorar con los ojos cada rincón, fijar en la retina lo que la memoria pronto perturbará. Los cierro y los vuelvo a abrir para atrapar la imagen antes de que se torne irreconocible.

El último recuerdo que tengo de mi madre viva es de un bostezo que se le escapó. Reconozco a Cavalli en su forma de enseñar los dientes. Es una mueca larga, y me arrastra con ella. Bostezar deforma la cara, frunce los ojos, desencaja la boca. Te vuelve fea, igual que el cuerpo al nacer. Así me siento yo esta noche: recién parida.

Pronto intentaré borrar el rastro de la vida de Cavalli y de mi madre de esta casa. Podría estar limpiando durante días, semanas, años y siempre quedaría algo: un pelo o un bigote de la gata bajo la nevera, una mancha de baba en la almohada, una escama de piel en la línea de polvo de los marcos. Podría vaciar la casa entera y seguiría habitada por ellas.

Quiero publicar mi cuento y dedicárselo a mi madre y a Cavalli. Será mi último gesto de amor y quedará escrito para siempre. Pondré: *A mi madre y a Cavalli, cuyos ojos rebosan lenguaje.*

Al escribirlo, me he dado cuenta de que en el amor, como en la escritura, el tiempo no se invierte, se vierte. Voy a mi habitación y me derramo sobre las hojas del cuento igual que lo he hecho sobre su cuerpo.

Mientras le escribía un cuento a mi madre, la estaba dejando morir. Ambas cosas se hacen con palabras y ambas te modifican. Lo que creas en un papel acaba por crearte a ti.

ESTOS NO SON UNOS AGRADECIMIENTOS. ESTO ES UN FUNERAL

La madera de un árbol sirve tanto para moldear un libro como para un ataúd. Hay una materia común en dos artefactos que, en el fondo, comparten más de lo que podríamos imaginar. Escribir un libro es como vivir una vida que pasa por el balbuceo de los primeros descubrimientos y la imaginación radical de la infancia hasta alcanzar una madurez que no siempre sabe que está tocando a su fin. Como si, de pronto, sin que nos demos cuenta, las palabras empezaran a despedirse solas, a buscar su hueco, a ensayar el epitafio. Entonces entendemos que escribir también es aprender a morir un poco. Y que cerrar un libro, como cerrar los ojos de alguien, puede ser un gesto de amor.

Este libro es un cuerpo. Un cuerpo extraño, caliente aún mientras redacto esto, que se despide. Y yo estoy aquí, al pie de su cama, sin estar segura de si soy quien lo escribió o quien lo vela. Hay algo en mí que desapareció con cada frase, y algo que quedó atrapado entre las páginas como un insecto en ámbar.

Lo que estás leyendo no son unos agradecimientos. Son un entierro con flores y banda sonora italiana. Una ceremonia en la que invito a quien ha acompañado esta escritura, y también a quien apenas la rozó con una pata o con una sílaba, a pasar, dejar una ofrenda, sentarse un momento junto a nosotres. Porque este libro, como los animales, como las madres que cantan en lugar de hablar, no se deja enterrar del todo.

Gracias a quienes me ayudaron a vivir esta muerte. A les que se quedaron mientras yo me salía de mí. A quienes no me soltaron la mano a lo largo de esta lenta y bella transformación. Como Mia y Eleonora, he sido hija y madre, pero también gata y encina. Gracias a quienes le pusieron el cuerpo a lo que aún no tenía forma y le dieron un acento a esta voz. A quienes ofrecieron su escucha, su dulzura que raspa y a la vez da gustito, como la lengua de un gato. Este libro es también sus manos, sus dudas, su paciencia con mis huidas, su aliento pegado al mío mientras buscaba una palabra, un ritmo, un lugar donde caerme sin romperme. O quizá un lugar donde, ya rota, pudimos celebrar juntas ese estar hechas de mil fragmentos y de ninguno, esa forma de existir que no se nombra, pero insiste.

Ahora este cuerpo-libro desciende. Baja despacio, con las uñas llenas de tierra, hacia su tumba abierta. Y me gusta imaginar que vosotres, quienes lo leéis, sois como pequeños gusanos: devorándole a sus protagonistas la oreja, el pelo, la lengua seca. Haciendo de sus restos algo vivo. Ya no son míos estos personajes, ya no me pertenecen sus voces ni sus heridas. Ahora son del mundo. Y del compost de sus cuerpos brotarán otras historias, otros relatos que no llevan mi firma ni mi sombra. Como decía Donna Haraway, los gusanos no son humanos, pero fertilizan el mundo.

Así me gusta imaginaros: bibliotecaries, libreres, autores, traductores, correctores, editores, impresores, distribuidores, lectores, periodistas, como una colonia dulce y silenciosa que sorbe el néctar de una flor ya mustia para parir otra. Polinizando el mundo de forma leve, callada y absolutamente radical a través de los libros. Me estremezco ante esa imagen. Porque hay algo profundamente tierno, crudo y bello en apretarnos la mano ante los mundos que se desprenden de una novela. A todes vosotres, gracias. Con todo el temblor del cuerpo que se entrega y que ya no teme desaparecer.

Y, como en todo funeral, hay quienes se sientan en primera fila. Quienes han estado desde el primer balbuceo, la primera duda.

A José. No hay frase que contenga lo que has sido para mí durante este proceso. Has estado en cada página incluso antes de que yo la escribiera, pero también has sabido colarte en los silencios. Tû ohô fueron siempre un lugar donde volver cuando todo se deshacía. Gracias por sostener la carne, el deseo, la voz y el miedo. Este libro lleva tu nombre, aunque no lo diga.

A Martín. Por estar. Porque sin ti nada, absolutamente nada de todo esto habría sido posible. Por mantenerme en pie cuando yo ya no sabía cómo hacerlo y por tumbarte conmigo cuando no podía más. Por recordarme que no todo se rompe al tocarlo y que la vida hay que manosearla. No puedo imaginar mundos sin ti.

A Cavalli, amasadora de corazones, que no es metáfora ni símbolo. Es cuerpo, voz y conocimiento desde lo salvaje. Este libro no hubiera sido posible sin el aprendizaje que ha supuesto convivir con ella. Su forma de habitar el mundo, de olerlo, de huir, de mirar y de elegir cuándo dar calor y cuándo desaparecer, ha sido mi escuela. Es ella quien me enseñó que hay otros modos de hablar fuera de un lenguaje común, de vincularse, de amar sin prometer. Gracias, Cavalli, por traducirme el mundo desde tu lengua.

A Berta, por ser faro y enseñarme que, para encontrar mi norte, primero tenía que romper la brújula. Nada de esto habría sido posible sin tu acompañamiento y tu sensibilidad radical. Gracias por confiar en el fuego de esta historia incluso cuando era apenas una chispa indócil. Y, por supuesto, a toda la familia de Reservoir Books, que me ha guiado, aconsejado y mimado, haciéndome ver que editar puede ser muchas más cosas: amar, arriesgar, imaginar juntes. Gracias Jaume, María, Pablo, Lucía, Cristina, Cecilia, Joel y a todo el equipo.

A Javi, mi hermano de la palabra: contigo dibujé esta historia y supiste reconducirla hacia un territorio más vasto y bello. Gracias por decirme «no» cuando lo necesitaba, como hacen las verdaderas amistades, y, al mismo tiempo, por abrirme la puerta a un universo que ni siquiera sabía que existía.

A mi mamma, la Mariolina, por amar a esta criatura que soy –que tiene tantos nombres que a veces te confunde– con las palabras que conoces y con otras que solo nos pertenecen a ti y a mí. A Toñi, a Juan y a toda mi familia española, por avivar conmigo el fuego y quererme de forma incondicional y desbordada.

A Violeta, hermana y pitonisa astral. Contigo me juego el pasado, el presente y el futuro. Apuesto todo en tu ruleta. Sin ti no me habría atrevido a escribir esta historia como lo hice. Eres mi jackpot.

A Sara, hermana dragona. Las primeras palabras de este libro nacen en tu casa, mientras tú también tejías los hilos de tu segunda novela. No me extraña que en eso seas asimismo hogar. Eres todas las hermanas que ese niñe que fui soñó tener.

A Victoria, por confiar en mí cuando yo no lo hacía. Gracias por no soltarme nunca la mano. Sin nuestros retiros y nuestra complicidad, este libro no habría encontrado un cuerpo.

A Alana y a Roy, con la certeza dulce de saber que, al caer, vuestras manos están siempre ahí para sostenerme.

A Júlia y a Luis, por ser les primeres lectores reales de este libro y devolverme, cuando más vulnerable me sentía, el amor y la energía que necesitaba para seguir escribiendo.

A Juanpe, a Paula, a Noa, a Elaine, a Alejandro, a Mayte, a Quique, a Carlos y a Noelia, por escucharme, por leerme, por guiarme. Os llevo en la voz.

A María, por ser la voz griega de la protagonista. Como ella, tú también eres parte de mí. Y a Giovanna, por todos los audios y mensajes en dialecto leccese.

A Eskarnia, con la que he adaptado uno de mis poemas para convertirlo en la canción que aparece en el diario. Gracias también a Jeanine Brito, por acceder a ser el rostro de esta historia con una ilustración preciosa.

A Jorge y a Elisa, por ayudarme cuando no tenía ni idea de nada y por jugar juntes a las muñecas en vuestros talleres.

Y gracias también a quienes creyeron en mi escritura incluso antes de que este libro existiera: a Luna y a Carme, porque sin vosotras no estaríamos aquí, en este funeral tan bello.

Y a todes mis editores, que caminan siempre conmigo: a Viviana, a Manuel, a Jesús y a Antonio.

Y a ti, por llegar hasta aquí. Ahora sí, podemos cubrir el cuerpo con tierra. O dejarlo abierto, para que siga cantando.

La banda sonora de *Leche cruda*, con todas las canciones que aparecen en la novela.